転生令嬢、日本食で異世界人の胃袋を掴んじゃいます！

敵国の俺様王子とクールで寡黙な兄からプロポーズされました

七福さゆり 【イラスト】切符

レオン・リースフェルト
「前世から好きだったんだ！
ずっと、ずっと……探してたんだ。
絶対に諦められない」
ハンス・ラクール
「これからは我慢しない。
エミリア、私はお前が好きだ」

?
エミリア・ラクール
「二人ともどうしたの？
あ！ 今料理できたところなのっ！」

エミリア・ラクール
次期国王に嫁ぐため、公爵家の長女として厳しく育てられてきた。ある事件に巻き込まれてしまい、長い眠りへ。そのショックで前世の記憶を取り戻す。日本の家庭料理で人々を助けたいと願う優しい心の持ち主。
マリー・モデュイ
エミリアの侍女。不遇な扱いを受けてきたが優しいエミリアに救われてから、ずっとエミリアのことを大切に想っている。主であるエミリアを可愛く着飾りたいと張り切るなど、エミリアを可愛がる一面も。
カタリーナ・ラクール
ラクールエミリアの妹。天真爛漫で明るく快活な性格。姉とは違い両親に溺愛されて育つが、国王の妃になる姉に対し厳しい態度の両親へ抗議をする優しい一面も。
レオン・リースフェルト
エミリアたちが住む国と戦争をしていた敵国の王子。エミリアと同じ前世で生きていた同級生。前世でエミリアが事故に遭うのと助けようとするが一緒に死んでしまい、この世界へ転生してきた。
ハンス・ラクール
男児が生まれなかったため養子として迎えられた、エミリアとカタリーナとは血の繋がらない兄。エミリアが事件に遭遇し眠っている間、戦争に巻き込まれて行方不明に。

MENU

もくじ

『エミリア、お前は十六歳でジャック王子の妻となり、将来はこの国の王妃となる人間だ。ただの貴族の娘とは違うということはわかるな？』

『はい、お父様』

『ジャック王子の隣に立つためには、普通の令嬢としての教育では足りない。人の何十倍もの努力が必要だ。厳しいが、頑張れるな？』

一応尋ねられてはいるけれど、私に『はい』以外の答えは認められない。

できないなんて言った日には、どうしてそんな弱い考えになるのか。王妃になるのだから、強い心を持ちなさい……なんてお説教が始まってしまう。

なぜ、それを知っているのか。それはもちろん過去に弱音を吐いたことがあるからだ。

何度か弱音を吐いたけれど、全てお説教で、励ましてもらったことは一度もなかった。

お説教を受ける時間が勿体《もったい》ない。そんな時間があるのなら勉強をしていた方が有意義だわ。

もしくは仮眠を取りたい。少しでも眠ると頭が冴《さ》えるのよね。夜更かしをして勉強していると眠くてぼんやりしてきちゃうから。

励ましてくれるのなら気持ちが晴れるかもしれない。でも、お説教なんて嫌な気持ちになるだけだもの。絶対に聞きたくないわ。

ということで、私の返事は……。

『はい、頑張れます』

期待通りの返事を聞いたお父様は、満足そうに笑みを浮かべる。

『頑張りなさい』

そうよ。頑張るしかないわ。

王妃への道から逃れられないのなら、やるしかない。

◆◇◆

私、エミリア・ラクールの朝は早い。

「エミリアお嬢様、おはようございます。朝ですよ」

侍女のマリーに起こされ、重い瞼《まぶた》を開ける。

外は薄《う》っすらと明るくなってきているけれど、まだ四時……人によっては、朝というよりも夜という人もいるのかもしれない。

「ううーん……マリー、おはよう」

「昨日は何時まで起きていらっしゃったのですか？」

「記憶にあるのは、二時くらいよ。途中で寝てしまったみたい」

ベッドの下に落ちていた本をマリーが拾ってくれる。変な折れ目がついていないことを確認し、机の上に置いた。私の住む国、モラエナ国と友好条約を結ぶカルミア国の公用語の教科書だ。

「二時間しか休まれていないじゃないですか！　睡眠不足は身体《からだ》に毒ですよ」

彼女はマリー・モデュイ、私が十歳のときから面倒を見てくれている侍女だ。

結い上げたチョコレート色の髪は、おろすと肩を少し越すぐらいまでの長さ。大きな目は深い森の色をしている。六歳年上だけど、童顔なので私と同じぐらいに見られがち。マリーはそのことをかなり気にしているみたいで、私服は大人びたものを選ぶようにしているようだった。

「ええ、そうね。ほどほどにしないといけないとは思っているのだけれど、ついね」

王妃になれば、カルミア国との外交もある。

通訳を通すよりも、自分で話せた方が色々と都合がいい……ということで、完璧に話せるようにした上で、手紙のやりとりも考えて書けるようにならないといけない。

でも、まだ私は話すことで精いっぱいだった。しかもペラペラ話せるわけじゃなくて、かなりたどたどしいし、読むことはなんとかできても書くことは大分危うい。

今日はカルミア語の授業があるから、もう少し書けるようになりたかったけれど、眠ったらせっかく覚えた単語が、いくつか飛んだ気がする。

カルミア語だけじゃなくて、友好国の言語は全部覚えなければならないし、王妃として学ばなければいけないことは星の数ほどあって、いくら時間があっても足りない。

睡眠時間はしっかり確保しないと身体や美容にも悪いし、眠った方が学習効率は上がるとわかっていても、つい焦って深追いしてしまう。

今すぐ目を閉じてしまいそう……でも、起きなければと思い顔を洗ったら、そこそこ開けていられるようになった。ドレスに着替えて、鏡台の前に座る。

腰まであるお母様譲りのプラチナブロンドをマリーが丁寧に梳《す》いてくれた。

櫛《くし》が入った瞬間は真《ま》っ直《す》ぐで、通り過ぎるとすぐに波打つ。この髪質は若い頃のおばあさまと同じらしい。

菫色《すみれいろ》の目はお父様と同じで、両親ともに整った容姿をしている恩恵で、私も恵まれた容姿をしている。

自分で言うなと言われそうだけれど、心の中での話だもの！　どうか許してほしいものだわ……って、誰に言っているのかしらね。

「せっかくの綺麗《きれい》なお肌が少し荒れていますよ。朝はしっかり保湿して、夜はパックしましょう」

「ええ、ありがとう」

「パックしても眠らないと駄目ですよ？　エミリアお嬢様はまだ十五歳で成長期なのですから、しっかり眠らないと育つものも育ちませんよ」

十五歳――『まだ』じゃなくて『もう』十五歳、来年にはジャック王子と結婚しないといけないのね。

ずっと決まっていたことなのに、目前に迫ると胸の中に黒い霧がかかったように感じる。

私はジャック王子が好きなわけではない。政略結婚のため、好きでもない相手のためにこうして身を粉《こ》にして、日々励んでいる。

「そうね。今日はできるだけ早く眠るわ」

「……それ、いつも言いますよね？」

鏡越しにマリーに睨《にら》まれ、苦笑いで誤魔化す。

「今日こそ寝るわ」

「約束ですよ？」

「ええ、約束するわ」

……多分、明日もマリーに怒られることになりそう。

マリーは慣れた手つきで私の髪を結い上げ、あっという間に身支度を整えてくれた。

「はい、できました。うーん、エミリア様は、今日もお美しいです！」

「ありがとう。マリーがお手入れをしてくれるおかげね」

ここまでくれば完全に目が覚めた。鏡台の前から移動して机に着く。

「飲み物をお持ちしますね。何にいたしましょうか」

「うんと濃い紅茶を淹《い》れてくれる？　ミルクと砂糖はなしで」

「かしこまりました。朝食前に何か軽く召し上がりますか？」

食べ物を想像したら、お腹《なか》がキュゥッと鳴る。昨日も深くまで起きていてお腹が空いていたから、すぐにでも何か食べたい。

で、でも――……っ！

「ありがとう。でも、太ってしまうから我慢するわ」

朝食は体調不良や予定があるとき以外は、八時に家族全員でとるのが決まりだ。軽食に朝食も……となれば栄養過多、体重が増えてしまうかもしれない。

「太りにくいものをお持ちしますか？　果物はいかがでしょう」

食べたい……！

みずみずしいオレンジ、シャキシャキ食感のりんご、甘酸っぱい苺《いちご》……ああ、果物ってどうしてあんなにも美味《おい》しいのかしら。

生唾と一緒に、欲求も呑《の》み込《こ》む。

エミリア、駄目！　その一口がおデブの道に繋《つな》がるのよ！

「ありがとう。でも、やめておくわ」

次期王妃として、容姿や体形を保つのも重要だ。

一週間後には王城で建国記念祭が開かれる。もうドレスはできあがっているし、少しでも太ったら直してもらわないといけないので、太るわけにはいかない。

「エミリアお嬢様はご自分に厳しすぎですよ」

「次期王妃なのだもの。厳しくないと駄目なのよ」

でも、私がジャック王子の婚約者じゃなかったら、どんな人生を送ったのかしら——なんて、たまに想像する。

「あまり無理をなさらないでくださいね。すぐに紅茶をお持ちします」

「ありがとう」

想像するだけ無駄よ。現実は変えられないし、そんな時間があれば彼の隣に立つのに相応《ふさわ》しい女性になれるよう勉強しなくちゃ……!

濃い紅茶で眠気を覚ましながら、いつものように机に向かう。

何の音も聞こえない静かな時間、夜と朝の境目、窓から見える青と橙色《だいだいいろ》の空が綺麗で、この時間が一番好きだった。

お腹が鳴りそうになるたびに紅茶を飲み、なんとか朝食の時間まで持たせる。上質な茶葉を使っているので、癖が少なく渋味というより重口、部屋中がストレートティーの香りでいっぱいだ。

でもお腹が空いた状態で飲みすぎると胃が痛くなるのよね……早く朝ご飯の時間にならないかしら……。

待ちに待った朝食の時間。八時前にダイニングに入ると、お父様が好きな珈琲《コーヒー》の香ばしい渋い香りが広がっていた。うわー……すでにお父様とお母様が席に着いている。お父様はいつものように珈琲を飲みながら新聞を読んでいて、お母様は紅茶を口にしていた。なんとか笑みを浮かべているけれど、内心うんざりしていた。

もう少し早く来ればよかったわ。

お父様より遅く席に着くと、嫌味を言われるのよね。

「お父様、お母様、おはようございます」

二人の前に立った私は、ドレスの裾をつまんで左足を下げ、右膝を軽く曲げて挨拶をする。

「エミリア、おはよう」

「おはよう。座りなさい」

「はい」

お父様の許しを貰って、初めて座ることができる。

声は不機嫌そうだけど、今日は嫌味なしかしら？

「エミリア、今日は何時に起きて勉強をした？　私たちより遅くに来たということは、まさかギリギリまで眠っていたのか？　随分余裕だな。そんなことで未来の王妃が務まると思っているのか？」

はい、やっぱりきたー！

「まさか、四時には起きました。勉強に集中していたもので、来るのが遅くなってしまっただけです」

「まあ、当然だな。しっかりと頑張りなさい」

「はい」

来るのが遅くなったっていっても、十分前には来たわ。だって朝食が楽しみだったのだもの。ものすっごくお腹が空いていたのだもの。それよりお父様とお母様が来るのが早すぎなだけよ。歳《とし》を取ると早起きになるっていうのは本当だったのね。

にっこりと微笑《ほほえ》みながら、心の中で悪態をつく。これくらいは許してもらいたい。

「おはようございます」

さっきよりも薄い紅茶を飲んで空腹を紛らわせていると、八時ぴったりにハンスお兄様がやってきた。

「ああ、おはよう」

「ハンス、よく眠れた？」

「はい」

三歳年上のハンスお兄様、次期ラクール公爵になる人だ。

月光を紡いだように美しい銀色の髪に海のような青い目の美丈夫で、社交界に出るたびに令嬢たちからの熱い視線を浴びている。

まだ婚約者がいないから、何度縁を取り持ってほしいと頼まれたことか……。お父様は早く良家と婚約を結ばせたがっているけれど、お兄様が乗り気じゃないのよね。どうしてなのかしら。

ちなみにお兄様……と言っても、実の兄じゃない。

お父様とお母様の間には、私、そして妹のカタリーナしか実の子はいない。カタリーナを生んだ数年後にご病気を患い、子供を産めるお身体ではなくなってしまった。

でも、後継ぎとなる男児が必要ということで、お父様の妹……叔母様の家に生まれた次男を養子にすることにした。

その方こそハンスお兄様、つまりお兄様は私にとっての従兄《いとこ》だ。

「お兄様、おはようございます」

「……ああ」

お兄様は目も合わせずに、小さな声でぶっきらぼうに答えて私の隣に腰を下ろす。

うーん、相変わらず嫌われているわね。

お兄様が養子になったのは十歳のとき、私は七歳だった。その頃からこんな感じ。目も合わせてくれないし、会話を振っても必要最低限の答えしか返ってこない。理由はわからないけれど、嫌われている。

私が気付かないだけで、何かしてしまったのかも……。

それにしてもお父様、お兄様が自分より遅く来ても不機嫌にならないのよね。まあ、それはカタリーナもだけど。

私は、ジャック王子の婚約者、未来の王妃、だからこそお父様は厳しくしているのだ。不満に思ってはいけない。

王妃になって恥ずかしい思いをするのは私、そしてそれはラクール公爵家の顔に泥を塗ることになる。厳しくされて当然のこと。

家族全員が揃《そろ》ったら、食事を始めることになっている。でも、十五分を過ぎてもカタリーナが来る気配はない。

ううっ……お腹が鳴っちゃいそう！

紅茶で空腹を誤魔化していたけれど、胃が『水分じゃなくて、そろそろ固体をよこせ！』と騒ぎ出した。

目の前に食事が並べられて、美味しそうな香りがしているから余計に辛《つら》いわ……！

大人しくして！　もう少しだから！　と心の中で宥《なだ》めながら、紅茶をもう一口飲んだ。

私が必死にお腹の音と戦っている中、お父様は読み終えた新聞を執事に渡し、柱時計をチラリと見た。

「おい、カタリーナはまだ起きていないのか？」

「カタリーナお嬢様は、先ほど起きられました。もう間もなくいらっしゃるかと」

「何？　時間通りに起きられないなんて、どこか具合が悪いわけではないだろうな。医者を呼んだ方がいいか？」

「いえ、昨日本を読んで夜更かしをされて、なかなか起きられなかったようです」

「そうか。全く、仕方のない子だな」

「ふふ、本当に」

お父様とお母様は顔を見合わせ、柔らかな笑みを浮かべる。

カタリーナは朝に弱くて、時間通りに来ることはほとんどない。

「おはようございます！　みんな、お待たせしてごめんなさいっ！　寝坊しちゃって」

私のたった一人の妹、二つ年下のカタリーナ。

お父様譲りの濃い金色の髪は、本当は真っ直ぐな髪質だけど豪奢《ごうしゃ》に巻いてある。目は私と同じ菫色、お父様の特徴を色濃く引いているけれど、顔立ちはお母様そっくりで愛らしい。

この世の可愛《かわい》いものを全て集めて作られたような女の子、それが私の自慢の妹カタリーナだ。

「毎朝のことだろう？」

「もう、お父様ったら、意地悪言わないでっ！」

カタリーナが私の左隣に座り、私と目が合うとニコッと可愛らしい笑みを浮かべた。彼女を見ていると、自然と笑顔になる。

天使のような子、カタリーナを知る人は誰もがそう話す。

「じゃあ、いただこうか」

お父様の合図と共に、食事を始める。

焼き立てのパンは持っているだけで幸せな気分になり、口に入れればもっと幸せな気分になる。

美味しい――……！

鼻を抜ける香ばしくも甘い小麦の香り。ほんの少し塩が入っていて小麦の甘さをより強調してくれる。焼き立てなので持っているのが大変なぐらい熱い。

一口分ちぎると、断面から湯気が立つ。

火傷《やけど》しない程度に冷まして口に運ぶと、幸せの味が口いっぱいに広がる。

ああ……幸せ！

そのまま食べても美味しいけれど、バターを塗ってもいいしフルーツのジャムと組み合わせても最高だわ。どっちにしようかしら。贅沢《ぜいたく》に両方つけるのもありよね……いやいや、あまりつけすぎると太ってしまうわ……あ、そうだわ。今日のスープはコーンクリームスープだからスープに浸しても美味しいのよね。うーん、どうしましょうと私が一人悩んでいると、お母様がカタリーナに声をかける。

「そんなに夢中になるなんて、何の本を読んでいたの？」

「魔法使いが世界中を旅するお話よ。今、幅広い年代ですごく流行《はや》っているんですって。お母様も読んでみて！　もうすぐ一巻を読み終わるところなの」

　華やかで愛らしいカタリーナが話すと、場の空気が一気に明るくなる。

「そうね。読んでみようかしら」

「ええ、お母様も絶対に先が気になって、夜更かししちゃうんだからっ」

「そうなったら、私がとめないといけないな」

　お父様とお母様は、カタリーナを溺愛している。目に入れても痛くないという様子で、二人が彼女を可愛がっているのを見ていると、ほんわかと胸が温かくなる。

　表情も変わらないし、何か言うわけでもないけれど、お兄様もきっと同じ気持ちに違いない。だってカタリーナを好きにならない人など、いるわけがないもの。

「お母様の後は、お姉様ねっ！」

　それはもちろん、私もカタリーナのことが大好きだから。

「そうね。楽しみにしてるわ」

　本当は本を楽しむ余裕はない。でも、カタリーナのおすすめなら読みたい。

「エミリア、お前は小説を読む時間などないだろう。そんな時間があれば、少しでも勉強しなさい」

「そうよ。来年にはもうジャック王子の元へ嫁ぐのだもの。時間はいくらあっても足りないのよ」

両親からの総攻撃を受けた。

まあ、そうよね……うん、わかってた。

「はい……」

「酷《ひど》い！」

私が返事するのと同時にカタリーナが声を荒らげ、涙を浮かべる。

「カタリーナ？」

「いくらジャック王子の婚約者だからって、厳しくしすぎよ！　お姉様はこんなに頑張っているのに、少しの息抜きも駄目なの？　そんなのあんまりだわ……」

菫色の目から、大粒の涙が次から次へと溢《あふ》れ出《だ》す。

「カタリーナ、泣かないで。私は大丈夫よ」

なんて優しい子だろう。カタリーナの気持ちが嬉《うれ》しくて、私まで涙が出そうになる。

こんな良《い》い妹がいて、私は世界一幸せな姉だわ。

「ほら、エミリアも大丈夫だと言っているだろう？」

「そうよ。カタリーナ、泣かないで」

お兄様がハンカチを差し出し、家族全員でカタリーナを慰めた。でも彼女は首を左右に振って、涙を流し続ける。

「お父様、お母様、お願い。お姉様に一日お休みをあげて」

「何？」

「いつも頑張っているお姉様と一緒に、街に出かけたいの。私がいつもお友達と遊びに行くように、お姉様とも可愛いお店でお茶をして、一緒にドレスやアクセサリーを見て、楽しく過ごしたい。お姉様にも楽しいって思っていただきたいの！」

「しかし、エミリアは今日も予定が……」

そう、カタリーナの気持ちは嬉しいけれど、この後は語学やマナー、ダンスの授業もあって予定はぎっしりだ。

教師の皆様も名家の方たちで、忙しい間を縫って来ていただいているのだから、急に予定は変えられない。

現に高熱を出したときですら、流行り病ではないからと解熱剤を飲んで予定通りに授業を受けた。

そういえばあのときもカタリーナは、私のことをすごく心配してくれたわ。

お父様とお母様は体調を崩すなんて自己管理がなってないって怒って、カタリーナはそんなお二人に『具合が悪いときに怒るなんて酷い！』と泣いて、一晩中私の傍《そば》についていてくれたのよね。

本当に優しい子、天使みたいな子だわ。

「お父様、お母様、お願い……っ！　私、この先の誕生日プレゼントも、クリスマスプレゼントもいりません。だからお姉様にお休みをください」

涙ながらに懇願するカタリーナに心を動かされた両親は、なんと私に今日一日のお休みをくれたのだった。

すごい。お休みを貰えたのなんて、病気でどうしても起き上がれないとき以来だから……もう何年ぶり？　思い出せないわ。

朝食を終えた後すぐに支度を整え、私たちは街にやってきた。

「お姉様と遊びに行けるなんて夢みたい！」

「カタリーナのおかげよ。ありがとう」

カタリーナの訴えのおかげで、両親は快く送り出してくれた。

でも、お父様が私にだけ聞こえるように、帰ったらすぐに自分で学習できるところは学習すること。今日休んだ分、明日からはさらに頑張ること……と言われ、白目を剝《む》きそうになった。

あ、明日からが怖い……！

「お姉様、おすすめのお店があるの！　すごく可愛いケーキがあるのよ」

でも、せっかくの休みよ。うんと楽しみましょう。

「ええ、ぜひ一緒に行ってみたいわ」

早速私たちは、カタリーナのおすすめのケーキが食べられるお店に足を運んだ。いつもなら太るからと口にしないクリームやフルーツが載った大きくて美味しそうなケーキと、いつもは入れない砂糖とミルクをたっぷり入れた紅茶を注文した。

カタリーナが言うようにケーキは見た目がとても可愛らしく、口に入れるだけで甘さがじゅわっと広がる。

新鮮なフルーツとなめらかで口当たりのよいクリーム、そしてふわっふわなスポンジの三重奏……いつも我慢している分、身体が糖分を喜んでいるように感じる。

美味しい〜！　食べ終わってしまうのが勿体ないわ。ずっと食べていたい。そこにまた違う甘さを持った紅茶がとてもよく合うのよね。ミルクのクリーミーさが紅茶の茶葉との相性抜群。やっぱり紅茶は砂糖とミルクを入れた方が好き。

太ってしまうかもしれないけれど、今日は特別な日だもの。また明日から節制すればいい。

ケーキを堪能《たんのう》した後もカタリーナの好きなドレスやアクセサリーのお店を自由に見て回り、カタリーナが私に似合いそうなものを選んでくれる。

なんて楽しいの！　夢みたいな時間だわ。

この時間が永遠に続けばいいのになんて思ってしまう。

「お姉様、次はあっちのお店に行きましょう！」

はしゃいだカタリーナが早歩きで次の店の前に向かい、護衛の騎士たちが慌てて付いていく。

「お姉様、早くーっ！」

「ええ、すぐに行くわ」

カタリーナの後を追って足を進めた次の瞬間、背中にドンッと衝撃が走った。

おっとっと……！

あまりの衝撃に、膝を突いてしまう。

誰かにぶつかられたのかしら。こんなところで膝を突いたままなんてみっともない。早く立ち上がらなくちゃ……。

「……っ……」

背中がすごく痛くて、力が入らないわ。そんなに強くぶつかられたのかしら？　ドレスから見えるところが痣《あざ》になってないといいけれど……。

「きゃあああああ！　お姉様……っ！」

カタリーナが悲鳴を上げる。

「大丈夫よ。ただ誰かにぶつかられて、よろけただけなの」

カタリーナの声を聞いた人たちが、私を見ると悲鳴を上げた。

え？　何？　どうしたの？

「貴族のお嬢さんが刺されたぞ！」

「あの子、ジャック王子の婚約者じゃ……」

「大変なことになった！　医者だ！　早く医者を……！」

刺された？　私が？　まさか、そんな……。

「エミリアお嬢様！　しっかりなさってください！」
何か悪い冗談だと思っていたら、自分の周りに血だまりが広がっていくのが見えた。
嘘《うそ》──。
目を開けていられたのは、ここまでだった。
次の瞬間、目の前が真っ暗になり、私は意識を手放した。
私、死ぬの……？　また、こんな突然命を奪われるの？

――また？

心の中にある蓋のしまった頑丈な箱のうちの一つが、粉々に砕けるような感覚を覚えた。

箱の中から飛び出した記憶が、一気に頭の中に入ってくる。

そうだ。私、前にもこうして、突然命を奪われた。

電車を待っていた。そうだ。私、高校生だった。

北条《ほうじょう》皐月《さつき》――これって前世……ってやつなのかな？

学校が終わって家に帰ろうと思って電車を待っていたときに、唇が乾いたからリップを塗ろうと思ったんだ。

いつもは制服のポケットに入れているのになくて、鞄《かばん》に入れたんだっけ？　と思って鞄を開けて探していたら、お弁当の箸箱を落とした。

両親を亡くした私を大切に育ててくれたおじいちゃんとおばあちゃんがくれた大切な箸が入っている。拾おうと思ったら、後ろに並んでいた中学生がはしゃいだ拍子に私にぶつかった。

あ――……！

バランスを崩した私は、電車が来る直前に線路に落ちた。

「北条、危ない！」

その場にいた人たちが悲鳴を上げる中、私の名前を呼んで線路に降りてきた人がいた。

高町《たかまち》陽翔《はると》くん、同じクラスの男の子、大きな手で私の手を掴《つか》んでくれて、そして――。

ああ、私、あのときに死んじゃったんだ。高町くんも、きっと。
高町くん、ごめんね。私のせいで、ごめんね……。

「……エミリアお嬢様」

あれ？　……遠くからマリーの声が聞こえる。

「……今日はとてもいいお天気ですよ……庭の薔薇《ばら》が綺麗に咲いていたので……いい香りでしょう……」

もう、朝？　私、いつの間にベッドに入ったのかしら。なんだかすごく長く寝ていたような……身体が上手《うま》く、反応しない気がするわ。

ぼんやり目を開けると、いつもより焦点が合わない気がする。休ませなかったからかしら、かすみ目……？　ぼんやりとしていた視界が徐々にはっきりしてきて、サイドテーブルに綺麗な薔薇を飾るマリーの姿が視界に入る。

あら……？

前よりも髪が伸びて、なんだか大人びた顔をしていた。

「お、はよ……う」

いつものように挨拶をしたら、なぜか小さな嗄《か》れた声しか出なかった。

「エミリアお嬢様!?」

マリーが口元を押さえ、驚いた表情で私を見ている。

え、何？　どうしたの？

「エミリアお嬢様……っ……ああ、神様、ありがとうございます！　エミリアお嬢様、マリーは信じていました！　エミリアお嬢様は必ず目を覚ましてくれるって！」

マリーは私の手を握ると、大粒の涙を零《こぼ》す。

「ちょっ……ちょっと、何？　どうしたの？　何かあったの？」

「覚えていらっしゃいませんか？　エミリアお嬢様はカタリーナお嬢様とお出かけ中に、何者かに背中を刺されて……」

「あっ……！　そうだわ。私、刺されたんだったわね。結構血が出たから驚いたけど、この様子じゃ出血量の割には大したことはなかったみたいね。全然痛くないもの。マリー、心配かけてごめんなさい」

本当に驚いたわ。あの衝撃で前世まで思い出しちゃったぐらいだもの。

でも、このことは誰にも言わないでおきましょう。誰も信じてくれるわけがないもの……でも、カタリーナには話してみようかしら。あの子、こういうお話、好きそうだもの。

カタリーナの反応を想像すると、思わず口元が綻ぶ。

「とんでもない！　痛くないのは、時間が経《た》って傷が癒えているからです」

「時間って……私、どれくらい眠っていたの？」

身体を起こそうとしても、力が入らない。

「ご無理なさらないでください……！」

マリーが支え起こしてくれた。自分の髪がやけに長いことに気付く。

あら……？　私、こんなに髪が長かった？

「三年……」

「え？」

「エミリアお嬢様は、三年も眠っていたんですよ……！」

――三年……!?

今目覚めたばかりなのに、目の前が真っ暗になって気を失いそうになった。

まさか、三年も眠っていたなんて……。

「ほ、本当に？」

「はい、三年が経ちました」

「本当に本当？　三日じゃなくて？」

マリーはいつも真面目で、そんな悪い冗談を言う子じゃない。でも、そんなに経っていたなんて信じられない。信じたくなかった。

「はい、三年です。エミリアお嬢様、鏡をご覧になってください」

マリーが姿見をベッドの前に運んできてくれた。

鏡に映った自分の姿を見たら、嫌でも現実なのだと思い知らされる。

「そんな……」

腰まであった髪は、お尻の下まで伸びていた。背も伸びて、胸も成長して大人になっている。

知らない人を見ているみたいだわ……。

眠っている間、もちろん食事は一切とっていない。でも、痩せてはいなかった。司祭様が定期的に祝福を与えてくれたおかげだ。

私は貴族の娘だから三年も面倒を見てもらえたけれど、平民だと難しかっただろう。祝福を

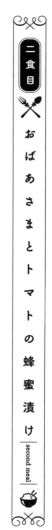

受けるには、それなりにお金がかかるのだ。

祝福——司祭様だけが使える奇跡のような不思議な力で、軽い怪我《けが》を治したり、私みたいに眠ったまま目を覚まさない人間の生命維持を助けてくれたりする。

「！　そうだわ。エミリアお嬢様、すぐにお医者様を呼んできます！　それから司祭様も……っ！」

マリーは転びそうになりながら、ものすごい速さで部屋を出ていった。

三年……十六歳でジャック王子と結婚する予定だったけれど、延期ってことになっているのかしら。お父様とお母様は変わりなく過ごしているのかしら。カタリーナとハンスお兄様は？

落ち着かなくて、部屋の中をウロウロしてみる。

今のところ後遺症っぽいものはないわね。身体はまだ怠《だる》いけど、普通に歩けているし、どこも痛くないわ。

机の上には、三年前に勉強していたカルミア語の教本が置いてある。

勉強で万年寝不足気味だったけど、それを取り戻すように……というか、それ以上に眠ってしまったわね。

ずっと眠っていたのに、髪はサラサラだし、身体もさっぱりしている。マリーが入浴させてくれたのかしら。

眠ったままの人間を入浴させるなんて、大変だったでしょうに……マリーには一生頭が上がらないわ。

しばらくすると、マリーがお医者様と司祭様を連れて戻ってきた。

私は一生目覚めないと診断されていたみたいで、起きて部屋をウロウロしている姿を見て二人とも驚いていた。

「しばらくは療養が必要ですね」

「え、三年も寝ていたのにですか？」

「三年も寝ていたからこそですよ。祝福を受けているとはいえ、身体の機能は完全に衰えていますから。すぐに日常生活に戻るのは無理です」

私にそんなことが許されるのかしら……。

三年間何もしなかった分、遅れを取り戻すために寝る間を惜しんで勉強しなければならないはずだ。

「王都では忙《せわ》しなくて休めないでしょう。しばらくは領地のお屋敷《やしき》でゆっくりするのはいかがですか？」

「お父様に相談してみないことには、なんとも……」

「私の方からも旦那様にお話ししてみましょう」

「ありがとうございます」

まあ、許してもらえるはずがないけど。

貴族の大半は自分の領地にある本邸の他に、王都に別邸を持っている。我が家もそうだ。領地から王都までは距離があるため、何かと王城に行くことが多い我が家は、一年のほとんどを王都で過ごしていた。

「それから栄養のあるものをしっかり召し上がってくださいね。ああ、でも、最初は具なしのスープから始めてください。急に固形物を口にすると、胃が驚いてしまいますから」

「私、キッチンに行って準備するように言ってまいります！」

お医者様の言葉を聞くと同時に、マリーがものすごい勢いでキッチンへ走っていった。

「急がなくても大丈夫よ……」

って、聞こえていないわよね。

マリーがものすごく心配していたことが伝わってきて、胸の中が温かくなる。

司祭様に祝福をかけてもらうと、重かった身体が少し楽になった。

お医者様と司祭様が帰って十分ほどすると、マリーがスープを持って帰ってきた。

「エミリアお嬢様、お食事をお持ちしました。あら？　お医者様と司祭様は？」

「ありがとう。お二人はお帰りになったわ」

「そうでしたか。ゆっくり召し上がってくださいね」

ずっと横になったままだったからか、椅子に座ると少し腰が痛い。

「マリー、色々ありがとう」

お礼を言うと、マリーが瞳を潤ませた。

「えっ！　どうしたの？」

「も、申し訳ございません……また、エミリアお嬢様にありがとうと言っていただけるのが、嬉しくて……ず、ずっと……ずっとあのまま目覚めないいんじゃないかって不安で、悲しくて、怖くて……」

私は立ち上がり、マリーをギュッと抱きしめた。

「心配かけてごめんね。三年間も私の面倒を看てくれてありがとう。あなたには感謝してもしきれないわ。本当にありがとう」

「いいえ、いいえ……っ！　お食事の邪魔をしてしまって申し訳ございません。さあ、召し上がってください」

「ええ、ありがとう。いただきます」

胃が縮まっていたみたいで、半分食べたところでお腹がいっぱいになってしまった。

午後四時――いつもなら家族みんな在宅している時間だ。でも、誰も私の部屋に来る様子はない。ハンスお兄様には嫌われているから当然かもしれないけど。

もしかして、出かけているのかしら？

「マリー、みんなはどうしているの？」

「旦那様と奥様は外出しております。お戻りはもう少し先の予定ですが、先ほどお嬢様が目覚められたことを知らせに遣いの者を送りましたので、きっとすぐにお帰りになるはずです」

あ、やっぱり。

「カタリーナとハンスお兄様は？」

「お二人は……」

マリーの表情が曇るのを見て、胸がざわめく。

「何かあったの!?」

「目覚めたばかりのエミリアお嬢様には、とてもお伝えできません」

「いやいやいやいや！　そんな言い方されたら、余計に気になって仕方がないわよ！　教えてちょうだい！」

「ですが……」

「マリー、お願い！　あっ！　でも、待って！　最初に二人は元気で、い、生きてるかを先に教えて……！」

声が震えてしまう。

「は、はい、カタリーナお嬢様は、元気でいらっしゃいます」

「よかった……」

待って、カタリーナお嬢様〝は〟？

「ハンスお兄様は？　何かあったの？」

「エミリアお嬢様が眠っていらっしゃる間、とてもたくさんのことがございまして。ですが、病み上がりのお嬢様にはあまりにも酷なお話です。私の口からは、とても……」

「私は大丈夫よ。このまま何も知らずにいる方が辛いから教えてちょうだい」

マリーは悩みながらも、重い口を開いた。


「なんてこと……」

この三年間で、驚くことになっていた。

私が住むモラエナは、海を挟んで隣にある大国デュランタの土地を狙い、戦争を起こしていた。無謀にもほどがある。モラエナは小国、どう頑張ったってデュランタに敵《かな》うはずがないのに。

結果は当然、敗北――。

指揮を執っていたのは、私の婚約者ジャック王子……とても酷いものだったらしい。

たくさんの兵が亡くなり、ハンスお兄様も戦争へ向かい、行方がわからなくなっているそうだ。

デュランタは寛大で、敗北した我が国に和平の提案をしてくれた。和平を結ぶ儀で、ジャック王子はデュランタのレオン王子に、毒を盛ったそうだ。

なんてクズ……！

そんなことを企《たくら》んだあの馬鹿は、その場で処刑されてもおかしくない状況だった。でも、レオン王子がすぐに吐き出して毒が回るのを免れたこともあり、ジャック王子は助かったそうだ。

なんて悪運が強いのかしら。

けれど、デュランタ国の怒りの矛先は、ジャック王子を通り越し、我が国へ回ってきた。

デュランタ国は、大神官に我が国へ呪いをかけさせた。モラエナの上空は厚い雲で覆われ、太陽の恩恵を受けることができなくなった。

結果――我が国では、良質な作物が取れなくなった。

輸入された作物を手にするには大金が必要で、貴族にはそれが可能でも、市民はそんなわけにいかずに苦しんでいるそうだ。

三年もの間にこれほどのことがよく起こったものね。信じられないわ。

それにしても、ハンスお兄様……。

嫌われていても、実兄じゃなくても、ハンスお兄様は私の兄だ。兄妹《きょうだい》としての情がある。

どうか無事でいてほしい。ひょっこり帰ってきて、いつも通り私のことなんて構わず、いつものように日常を過ごしてほしい。

「カタリーナも外出しているの？　綺麗になったでしょうね。早く会いたいわ」

「カタリーナお嬢様は……あの、落ち着いてお聞きくださいね」

「？　ええ、わかったわ」

「……去年、ご結婚なさいました」

「えっ！　あの子が!?　あ、そうよね。もう十六歳だもの。結婚しても、おかしくない歳だったわね」

私は十六歳で疫病神……じゃなくて、ジャック王子と結婚させられるところだったし。刺されたおかげで（おかげでって言っていいのかしら）三年は逃げられたけれど、今後はどうなるのかしら。

……というか、前世の記憶を取り戻してから、心の声が増えた気がするわ。独り言が増えたおばあさんの気分よ。

はぁ……カタリーナの挙式、参列したかったわ。あの子のウエディングドレス姿、とっても綺麗だったでしょうね。

絵は残っているはずだけど、カタリーナの愛らしさは、どんな巨匠でも表現しきれないはずだわ。あーあ、本当に残念！

「それでどなたと結婚したの？」

「……ジャック王子です」

「えっ」

「エミリア様のご婚約者だった、ジャック王子です」

——なんですって!?

「エミリアが目覚めたのは本当か!?」

すると外出先から帰ってきたお父様とお母様が、ノックなしで飛び込むように入ってきた。

「お父様！　お母様！」

本当に三年が経っているのね。どちらもかなり老け……いえ、うん、老けているわとしか表現する言葉が見つからないわ。口が裂けても言えないけれど。

当然よね。大きな戦争もあって、お兄様が行方不明になって、私も眠り続けていたのだもの。心労が重なってお疲れなんだわ。

「ほ、本当だわ……」

「まさか、目覚めるなんてな……」

……あら？

てっきり喜んでくれると思ったのに、あからさまに動揺……いや、迷惑そう？　どうしてかしら。声のトーンも明らかに低いし、思いっきり眉間に皺《しわ》が寄っちゃってる。さすがにその反応は傷つくんだけど……って、そんなこと考えている場合じゃない。

「お父様、お母様、カタリーナがジャック王子と結婚したと聞きました！　どうして！　どうしてカタリーナがジャック王子と!?」

カタリーナと結婚したということは。あのクズは身分をはく奪されていないのだろう。それもそのはず……彼は国王夫妻に酷く溺愛されていて、何か問題を起こすたびに揉《も》み消《け》してもらってきた。

弟は一人いるけれど、彼の母親は平民の使用人なので、次期国王にするとなれば反発が大きい。

そして質問しておいてアレだけど、カタリーナの結婚は私のせいに決まっている。

貴族の結婚は、家と家との結びつきだもの。ラクール公爵家の娘なら、私じゃなくてもいいのだ。

でも、感情が追い付かない。

『私もいつか、この本みたいに素敵な人と出会って結婚したいなぁ』

恋愛小説が大好きだったカタリーナ、お気に入りの本を抱きしめ、頬を赤くして語っていたことを思い出す。

「カタリーナ、なんてことなの」

この家で私を思いやってくれるのは、マリーとカタリーナだけだった。

無理をして高熱を出し、寝込んだときは朝まで傍にいてくれた。お父様が少し無理をしたくらいで倒れるなんて情けないと嫌味を言ったときには、泣きながら抗議してくれた。

優しいカタリーナ……誰よりも幸せになってほしかったのに、私のせいで、ジャック王子と結婚してしまうなんて……。

今からでも私が代われないかしら!? これじゃああんまりだわ。

そんなことは許されないとわかっていても、どうにかカタリーナから私に代わる方法を考えてしまう。

「エミリア様、なんてお可哀相《かわいそう》……」

涙を流す私を、マリーが後ろから背中を擦ってくれる。

マリー……この涙は、多分あなたが考えている涙の意味とは違うと思うわ。

私は元々ジャック王子が嫌いだった。

何かと『僕は王子だ』『僕は次期国王だ』なんて権力をちらつかせて我《わ》が儘《まま》放題！ おまけに国王夫妻から溺愛されているから余計にね。

私は次期王妃になるべく厳しい勉強を強いられてきたけれど、この人は……といえば、王妃様の後ろでのほほんと暮らしていた。

私があんなに厳しい勉強をさせられてきたのは、将来あの人が国王になったときの補佐をさせられるためでもあったのだ。

王子っぽいのは、見た目だけ。金髪碧眼《へきがん》、王家はみんな美男美女ばかりだから、その遺伝で顔はよかったけど、性格は最悪！　自分が気にくわないことがあれば不機嫌さを露《あら》わにし、話を誇張させて国王夫妻に報告、そして私がお父様とお母様から怒られるというパターンよ。

特に嫌だったのは、私が十歳、奴が……えーっと、四歳年上だから、十四歳のときのことだったわ。

『ちょっ……や、やめてください！』

『どうしてだよ！　エミリアは将来僕の妻になるんだから、キスぐらいしてもいいじゃないか！』

王妃様のお茶会に招かれ、その後にジャック王子とお庭を散歩することになったのだけど、突然あのクズは私に顔を近づけてきた。

日傘でぶん殴りそうになったのを我慢して、奴の身体を押して回避したら怒り出したのだ。しかもいい雰囲気になったわけじゃない。突然キスされそうになったのよ。

『でも、今はまだ婚約者です。結婚するまでそういうことはしてはいけないと習いました』

習わなかったとしても嫌だわ。生理的に受け付けないのよ。

『硬いこと言うなよ』

『いけません！』

いけませんっていうか、嫌なのよ。察しなさいよ。

『じゃあさ、キスは諦めてやる。だから代わりにお胸を揉ませてくれよ』

『……は？』

耳を疑った。

『だから、お胸を揉ませてって』

『な、何を仰《おっしゃ》って……』

『だってお前のお胸って小さいだろ？　揉むと育つらしいからさ』

まだ十歳よ!?　膨らんでなくてもおかしくないでしょうよ。というか、どこを見てるのよ！　どこを！

『お前のためを思って言ってあげてるんだよ？』

う、嘘よ！　絶対あんたが触りたいだけでしょう！

鼻息を荒くし、両手をわしわし動かしながら近づいてきた。

『きゃあああああ！　嫌っ！　嫌っ！』

『痛っ！　うわっ……や、やめろ……っ……ひぃぃぃぃ！　ママァ、助けてぇ……っ！』

気がついたら、日傘でぶん殴っていた。ゴッスンゴッスンすごい音がしたし、彼はベソベソ泣いていた。

ジャック……いえ、ジャックズ王子は、キスや胸に触ろうとしてきたことを隠して、突然私が襲いかかってきたと国王夫妻に泣きついた。

私はいつものように両親から叱られた上、その日は食事抜き！　おまけに暗くて寒くてジメジメした地下室に一週間閉じ込められた。

本当のことなんて、恥ずかしくて言えなかったわ。まあ、言ったところで信じてもらえなかったでしょうし。

あんなクズと結婚しなくてすんだことは嬉しい。でも、カタリーナが辛い思いをするのはそれ以上に嫌だ。

大切な妹なのよ。誰よりも幸せになってもらいたいのに、私のせいであんな男と結婚させられるなんて……ああ、自分で自分が許せない。

どうして三年も目覚めなかったの!? 三日で起きなさいよ。

「お父様、お母様、カタリーナは……っ……!?」

今、どうしているか聞こうとしたら、お父様に頬を叩《たた》かれた。パンッといい音がした。

「お父様?」

「エミリア! お前という娘は……」

お父様はワナワナ震え、お母様は侮蔑の表情を浮かべていた。

「お前はいつもカタリーナに嫉妬ばかりして! あの子がどんな思いをして生きてきたと思っている!」

え? 嫉妬? なんのこと?

「お前のような娘、王妃になど相応しくない! カタリーナが嫁いでくれてよかった」

「そうよ！　実の娘だからと目を瞑《つぶ》ってきたけれど、もう限界よ。あのまま、目覚めなければよかったのに！」

「そうだ。ずっと眠っていればよかったんだ」

ええ――……!?

「旦那様、奥様、あんまりです！」

マリーが声を上げ、私の前に立って庇《かば》ってくれる。お父様とお母様はバツが悪そうな顔をして、何も言わずに呆然《ぼうぜん》とした私を残して部屋を出ていった。

「エミリアお嬢様、大丈夫ですか!?　ああ、大変……赤くなっているわ。すぐに頬を冷やしましょう」

「え、ええ、ありがとう、マリー……」

王妃に相応しくないうんぬんは置いておいて、私がカタリーナに嫉妬ってどういうこと？　何か誤解があるみたい。私、誤解させるような態度を取っていたのかしら。もしかして、カタリーナにも？

……にしても、目覚めなければよかったは酷すぎない？　今までも厳しい言葉をかけられてきたから耐性はあるけれど、今のはあんまりよ。聞き流せないわ。

マリーが冷やしてくれたおかげで、叩かれた頬は腫れることはなかった。でも、心にはさっきの言葉が突き刺さったまま取れそうにない。

最初は悲しみ、でも時間が経つと怒りの方が大きくなった。

どうして、あんな言われ方をしないといけないの？

私は深夜こっそり部屋を抜け出し、ホールに飾ってある壺《つぼ》にごみを入れた。この壺は両親が新婚旅行の記念に購入したもので、とても大切にしているものだ。

「ふっ……ふふっ」

思わず笑ってしまう。少しだけ気持ちが晴れた。

翌日、『なぜ、ごみが入っている！』と騒ぐお父様の声を聞いて、さらに胸がスッとするのを感じた。

◆◇◆

翌日、私は家をこっそり抜け出し、辻馬車《つじばしゃ》を拾って王城に来ていた。家の馬車を使わなかったのは、親バレ防止のためだ。

王城に来たのはもちろん、カタリーナに会うためだ。最初は手紙を書いたのだけど、お父様に見つかって出してもらえなかった。

なんとか手紙を届けたところで、この調子だと返事を渡してもらえる可能性は低いだろう。

……ということで、残された道はアポなしで直接カタリーナの元へ行くことだった。

「お取り次ぎできません」

予想はしていたけれど、門前払いされた。何度頼んでも駄目だった。

でも、私は知っている。

昔、ジャック王子から得意げな顔で教えてもらったのよ。王族だけが知っている隠し通路をね。

僕んちはすごいんだぞ～！　みたいなノリで教えてくれた。あの調子じゃ、他の人間にも教えているんじゃないかって不安になる。

「はぁ……はぁ……はぁ……」

息が続かない。それにしても、疲れたわ。

馬車から降りて少ししか歩いていないのよ？　それなのに、前世の体育の授業でグラウンド十周したぐらいヘトヘトだし、足がガクガク震えている。

三年間動かなかったから、体力も筋力も底辺になっているみたい。隠し通路は王城の裏の森にあるけど、少し休まないと動けそうにない。

空を見上げると、厚い雲に覆われていた。

呪われたっていうのは、本当なのね。

城門の横で休憩をとっていると、一台の豪奢な馬車が停《と》まった。デュランタの国旗が飾られている。

デュランタの王族……かしら。

クラクラする。まずいわ。目の前がワントーン……ううん、ツートーンぐらい暗い。貧血を起こしているかも。

馬車から誰かが降りてきて、こちらに向かってくる。

「失礼、レディ、顔色が優れないようですが、大丈夫ですか？」

低くて、誠実そうで、若い男性の声だった。

目の前が暗くて、顔が見えない。どなたかしら。

というか、まずいわ。ジャック王子の元婚約者の私が、デュランタの関係者の前で失態を演じるわけにはいかない。これ以上心証を悪くすれば、モラエナの国民に被害が及ぶ。

「ご親切にありがとうございます。少しだけ疲れて休んでいただけなので、心配なさらないでください。では、失礼いたします」

今にも倒れそうだったけど、根性でドレスの裾をつまんで左足を下げ、右膝を軽く曲げて挨拶をし、そそくさとその場を後にした。

敵国の民を気にかけてくださるなんて、デュランタ国の方々は優しいわ。

改めて、ジャック王子のクズ行動に苛立《いらだ》つ。

本当にあいつ、なんてことをしてくれたわけ？　クズどころか疫病神じゃない。あいつだけが罰を受ければよかったのに！　あいつが行方不明になればよかったのに！

森の中に入って少しだけ休み、隠し通路から王城に侵入することに成功した。

きっとカタリーナは私の使う予定だった部屋にいるはずだわ。あそこは第一王子の妃《きさき》が代々使っている部屋だから。

人目を避けながらカタリーナの部屋を目指して歩いていると――。

「おや？　まさか、あなたは……エミリア嬢？」

後ろから声をかけられ、心臓が大きく跳ね上がった。

うわぁぁぁ……見つかった！　最悪だわ！

ドレスじゃ走れないし、変装なんてしていないもの。三年経ったとはいえ、そこまで容姿なんて変わってないし、誤魔化せるとは思えない。

ここは、どうどうとしていよう。

「ご、ごきげんよう」

振り返ると、そこに立っていたのはジャックの側近だった。

げぇ……っ！　よりによって！

リボンで一つにまとめられたサラサラの長い金髪、エメラルド色の瞳はたれ目がちで、右に泣きぼくろがあり、麗しい容姿をしている。

彼は若くしてシャブリエ公爵家の家門を継ぎ、次期宰相は間違いないと言われている天才だった。ジャックと同じ歳だから、今は二十二歳のはず。

欠点は……女癖が悪いこと。

恵まれた容姿で甘い言葉を囁《ささや》き、令嬢たちをとっかえひっかえしているそうだ。

というか、実際口説いていた現場を見たこともあるし、見境がないみたいで、ジャック王子の婚約者である私にも二人きりで会いたいなんて言ってきたことがある。

「やっぱり、エミリア嬢だ……ああ、目覚めたという話は本当だったんだね」

シャブリエ公爵はあっという間に距離を詰め、私の手をギュッと握った。

近い！　近い！　近い！

「お、お久しぶりです。シャブリエ公爵」

彼の名は……ああ、心の中でも名前を呼ぶのに抵抗があるわ。

えーっと、彼の名は、ドスケベチンポ・シャブリエ公爵……前世だと、とんでもない名前だ。

「嫌だな。前から言っているだろう？　シャブリエ公爵なんて他人行儀な呼び方じゃなくて、気軽に愛称で……『チンポ』って呼んでほしいな」

呼べるか――……！

「と、とんでもございません」

ちなみにこの世界で『ドスケベ』は『勇敢』、『チン』……無理！　伏せ字で失礼『チン●』は『英雄』という意味だ。

昔から愛称で呼んでと言われていたけれど、そのことにとんでもなく抵抗を感じたのは、前世の記憶が騒いだからに違いない。

「相変わらず、つれないな。でも、そこがいいよね。今日はカタリーナ妃に会いに？　それとも、ジャック王子に会いに？」

「カタリーナです」

よかった。不法侵入したことは、バレていないようね。

「そっか。……辛いね。本当ならキミがジャック王子と結婚していたはずなのに。ああ、なんてことだろう」

「いえ……」

女癖は置いておいて、悪い人ではないのよね。

「寂しくて眠れない夜は僕を呼んで。キミの心にできてしまった寂しい穴をキミのドスケベチンポが、必ず埋めてみせるよ。きっとお互い素晴らしい時間を過ごせるに違いない」

シャブリエ公爵は私の手を取り、手の甲にチュッとキスした。鳥肌がゾクゾクゾクッと立つ。

や、やっぱり、悪い人だわ……！

「カタリーナ妃は、多分自室にいらっしゃるよ。送ろうか？」

「だ、大丈夫です。ありがとうございます」

そそくさとその場を後にし、とうとうカタリーナの部屋の前に辿《たど》り着《つ》いた。

ノックしようとして、躊躇《ためら》う。

私のせいであんなクズと結婚させてしまったのだもの。嫌われていたらどうしよう。『お姉様のことなんて大嫌い！　お姉様の顔なんて見たくない！』なんて言われたら、再起不能になる自信があるわ。

やっぱり、出直そうかしら……。

「〜〜♪」

弱気になっていると、扉の向こうからカタリーナの鼻歌が聞こえてくる。

ああ、カタリーナ……。

機嫌がいいときには、いつもこうして鼻歌を口ずさんでいたわ。出直すとしても、せめて、顔だけでも見たい。

音を立てないように扉を少しだけ開く。するとカタリーナの横顔が見えた。鏡を見て、頭に大きなダイヤを宛がっている。

何をしているのかしら。

それにしてもうんと綺麗になったわ。愛らしい少女から、美しい大人になって——どうしよう。感極まって泣いちゃいそう。

「私が次期王妃かぁ……」

あれ？　誰かいるのかしら？

「ああ、早く王妃に受け継がれるティアラが欲しいわ。このダイヤよりもうんと大きくて、眩《まばゆ》いのよね。ふふ、私にピッタリ」

カタリーナ以外の声が聞こえない。どうやら独り言のようだ。

王妃になることに、実は前向きだったのかしら。それならよかったわ。

三年前はカタリーナが宝石に興味を持っているところは見たことがなかったけれど、私が眠っている間に宝石が好きになったのね。

ダイヤ、ルビー、サファイヤ……どの宝石も、カタリーナの美しさの前には霞《かす》んでしまうだろう。

カタリーナは踊るようにクルクル回りながら、部屋の真ん中にある花瓶の前に立つ。大きな赤い薔薇がたっぷりと飾られていて、ここまでいい香りがする。

「ふふ、いい香り……それに、とっても綺麗だわ」

薔薇の花びらを指先でなぞっていたと思いきや、ぶちぶちむしり始めたものだからギョッとした。

えっ！　な、何？　どうしてむしるの!?

「……でも、綺麗に整っているものって、壊したくなるのよね。ああ、スッキリしたわ」

こ、怖……っ！

「それにしても、こんなに上手くいくなんて思わなかったわ。誰も私が暴漢を雇って、お姉様を刺すように仕向けたなんて思わないでしょうね」

――――……!?

え？　今、なんて？

「私より先に生まれたから王妃になるなんて、そんなの不公平だものね。私の方が王妃に相応しいわ。それなのにお姉様ったら、王妃になる気満々で頑張っていらっしゃるのだもの。身の程をわきまえていない人って嫌いだわ」

カタリーナは次々と薔薇をむしっていき、床が花びらだらけになっていく。なんだか血みたいでゾッとする。

目の前にいるのは、本当にカタリーナなの!?

「それにしても、生き残るなんて思わなかったわ。ましてや三年も寝たきりだったのに、目を覚ますなんてビックリ！　私がジャック王子の妻になったって聞いたとき、お姉様ったらどんな顔をしたのかしら？　見てみたかったわ……うふふ、呆然としていたかしら？　それとも泣いた？　ああ、見られなかったのが本当に残念……あはっ！　あははっ！」

いや、怖い！　怖い！　怖い！　怖すぎるでしょ……！　悪魔じゃん！　私がここにいるって気付かれたら、今度は確実に仕留められるわ！

私はそっと扉を閉め、足音を立てないようにその場を後にした。

前世で見たホラー映画より怖かったわ……。

あれは、誰？　私の可愛い妹はどこに行ってしまったの？　ううん、もしかして、あれが本来の姿？　私が見抜けなかっただけ？

クラクラしてきた……とにかく、ここから離れたい。

◆◇◆

カタリーナの本当の顔を見てしまってから数時間後――。

「う……っ……ぐ……っ……痛っ……痛～……っ！」

家を抜け出したことがバレてしまい、両親を怒らせた私は、家を追い出されていた。表向きは、お医者様に言われたように療養ということになっている。

これから田舎で暮らすおばあさまの屋敷で暮らす。早馬が今頃おばあさまの屋敷に到着していて、きっと驚いていることだろう。

マリーはあんまりだと泣いて、お父様に考え直すように言ってくれたけれど、私がここにいるということは駄目だったというわけで……。

自分の立場が悪くなってしまうかもしれないのに、あんな一生懸命になってくれたマリーの優しさが嬉しい。

しんみりしていたら大きく馬車が揺れて、お尻が浮き上がった。

「ひぃっ！　うぅぅ～……っ！」

道が整備されていなくてガタガタ揺れ、お尻が悲鳴を上げている。私が痔《じ》だったら、即死していただろう。

腹いせにまた両親の大切な壺にごみを入れてきたけど、落書きぐらいしてくれればよかった！痛い！　お尻が三つに割れちゃうわ！　これが病み上がりの娘にする仕打ちなの!?

でも、あの家を出られるのは嬉しい。それならこの痛みも喜んで耐え……あ、痛たたたっ！　やっぱり痛いものは、痛いわ！

気を紛らわせるために、思い出した記憶を整理することにしよう。

えーっと、前世の私は、日本に住んでいた女子高生で、死んでしまってこの世界に転生したみたい。日本とこの世界は大分違っていて、ベースは中世ヨーロッパっぽいのかな？　移動するにはこうやって馬車を使わないといけないし、医学も発展していないし、電気もないから家電もない。

ただ、その代わりに魔法がある。私のように三年寝たきりでも、祝福を与えてもらえればこうして後遺症もなくピンピンしていられるし、魔法で家電の代わりになるものはたくさんある。

しかし、魔法はとても貴重で使える人が限られており、高価なものだから貴族や実業家といったお金持ちしか使えない。

また馬車が大きく揺れ、私はお尻の痛みに悶絶《もんぜつ》した。

「あ〜……っ！　もーっ！　全然、気が紛れないわ！　痛い！　痛い！」

馬車で三時間以上お尻を痛められ続け、ようやくおばあさまの屋敷に着いた。

おばあさまにお会いするのは、何年ぶりかしら。

父方のおばあさま、お父様と血が繋がっているのが不思議なくらい優しくて、おおらかな女性だ。

『エミリアは頑張り屋さんね。いい子、いい子……でも、あなたは頑張りすぎるから心配だわ。少しぐらい休んだっていいのよ』

おばあさまはお会いするたびに、私の頭を優しく撫《な》でて、温かい言葉をかけてくださった。

その言葉に、どんなに心が救われたことか。

ちなみにおじいさまは長く病気を患い、私が生まれる少し前に亡くなっている。おじいさまも、おばあさまと似た雰囲気の方だったらしい。

お父様はどなたに似たのかしら。隔世遺伝ってやつ？

「エミリアお嬢様、お待ちしておりました。お目覚めになって、本当によかった……！」

「ええ、心配をかけてごめんなさい。少し寝すぎちゃったみたい」

馬車から降りると、執事のアシルを始め、使用人の皆が出迎えてくれた。でも、おばあさまのお姿がどこにもない。

おばあさまの性格なら、出迎えてくれそうなものだけど。

それにアシルを始め、使用人たちの表情が暗い。

それにどこかみんなやつれているような……。

「久しぶりね。アシル、おばあさまは？」

「それが……」

おばあさまは二か月ほど前に風邪で倒れたのをきっかけに、今は食事もまともにとることができず、衰弱してベッドに伏せているそうだ。

司祭様の祝福をいただければ衰弱を防げるのだけれど、おばあさまは自然に任せたいと仰り、使用人たちがいくら祝福を受けてほしいと懇願しても断り続けていらっしゃるそう。

いつも優しい空気に包まれていた陽だまりのような屋敷の中は、悲しみでいっぱいだった。

おばあさまは私のために、日当たりのいいお部屋を用意してくれた……と言っても、日当たりがよかったのは昔の話で、今は呪いのせいで薄暗い。

それでも明るく見えるように工夫されていて、金の刺繍《ししゅう》が入ったアイボリーのカーテンに、白い家具でまとめられていた。

「素敵なお部屋ね。アシル、ありがとう」

「気に入っていただけて何よりです」

ちなみに彼は、おばあさまが嫁いでくるよりも前からラクール公爵家に仕えていて、私もよく知っている。

「奥様、エミリアお嬢様が到着いたしました」

「おばあさま、エミリアです」

部屋に荷物を置いて、おばあさまの部屋の前に来た。ノックして声をかけると、「入って」と小さなお声が返ってきた。あまりに弱々しいお声で、胸が締めつけられる。

部屋に入ると、ベッドに横たわったおばあさまの姿があった。

「おばあさま……」

げっそりと痩せて目がくぼみ、顔は土色だった。白い髪はパサパサで、唇は割れそうなほど乾いていた。

「ああ……エミリア、本当に目覚めたのね。よかったわ……本当によかった……せっかく来てくれたのに、出迎えられなくてごめんなさいね」

おばあさまの伸ばした骨と皮になった手を取り、ギュッと握る。

あんなに温かかったおばあさまの手は、とても冷たかった。

「……っ……そんな……そんなこと、気になさらないで……」

胸が苦しい。

目の奥が熱くなって、涙が溢れた。

「エミリア、辛い思いをしたわね。あなたのお父様から、手紙で今までのことを聞いたわ」

「あ……」

どうしよう。おばあさまにまで誤解されたら……。

「それから、あなたの侍女のマリーからも追って手紙が届いたの」

「マリーから？」

「ええ、あなたのお父様の話とは随分違ったことが書いてあったわ。お父様は何か誤解してしまったのね。大丈夫、あの子も今は血が上っているだけで、いつかわかってくれるわ」

マリーが……！

「おばあさま……」

嬉しくて、さっきとは違う涙が出てくる。

マリーが私のために尽力してくれたことも、おばあさまが信じてくれたことも嬉しくて堪《たま》らない。

「辛い思いをしたわね。刺された背中はもう痛くない？　可哀相に……」

「もう、大丈夫よ。それよりも、おばあさまが……お願いよ。司祭様から祝福を受けて」

泣きながら懇願すると、おばあさまはゆっくりと首を左右に振った。

「私はもう十分生きたからいいのよ。私に祝福を与える時間があるのなら、もっと未来がある方々に使ってほしいの。私はね、素敵な方と結婚できて、子供もできて、可愛い孫もできたし、大満足の人生を送ったわ。いつ死んでも悔いはないの」

おばあさまは私の涙を指で拭い、幸せそうに笑う。

その瞬間、心の中にある頑丈な箱のうちの一つが砕け、記憶が溢れた。

前世での私は、幼い頃に両親を事故で亡くし、父方の祖父母と一緒に暮らしていた。

両親を亡くしたショックでご飯が食べられなくなってしまった私を、おじいちゃんとおばあちゃんは優しく見守ってくれた。

二人だって辛かったはずなのに……。

『可愛い孫がいて、大満足の人生だわ。皐月ちゃん、生まれてきてくれてありがとうね』

『ああ、本当にそうだ。皐月は僕たちの自慢の孫だよ。皐月がいるから、じいちゃんもばあちゃんも頑張れるんだぞ』

いつもそう言って、たっぷりと愛情を注いでくれた。

私もおじいちゃんとおばあちゃんが大好き――。

ご飯が食べられないからと、丁寧に裏ごししたとうもろこしやじゃがいものスープ、少しでも野菜をって細かく刻んで柔らかく煮たすいとんを作ってくれたっけ……優しい気持ちが一口食べるだけで伝わってきて、一人じゃないって思えたのよね。

そんなおばあちゃんのおかげで少しずつご飯が食べられるようになって、だんだん日常生活を送れるようになった。

祖母は料理上手で、小さな家庭菜園もしていたから、季節の野菜を使った美味しいご飯をたくさん食べさせてもらった。

運動会や遠足にも美味しいお弁当を作ってくれて、行事よりもお弁当の方が楽しみだったっけ。

そんな祖母の影響で、私も料理をするようになった。おばあちゃんと一緒に並んで料理を作るのが楽しくて、みんなでご飯を食べるのが大好きだった。

高校生になったある日、いつも一緒にお弁当を食べている友達が風邪で休んだことがあった。

今日は一人か〜……。

その日はとてもいい天気だったから、教室でじゃなくて、一度も行ったことのない屋上で日光浴をしながら食べようと思いついた。

みんな考えることは同じみたいで、他にもちらほらご飯を食べている生徒がいる。

その中に、同じクラスの高町くんもいた。

染めていないサラサラの黒髪で、アイドル以上に整った顔立ちをしている彼は遠くからでも目立ち、女子からすごく人気がある。

でも、誰にも連絡先を教えないし、告白にも応じないらしい。話しかけても反応が薄いそうで、近寄りがたい存在……。

噂《うわさ》によると政治家の宮川富雄《みやがわとみお》の愛人の子で、隣のクラスの宮川弘樹《ひろき》は、母親違いの兄弟らしい。

まあ、噂なんてあてにならないけどね。根も葉もない内容が、あたかも本当のように言われてるってこと結構あるし。

私も昔、両親が亡くなって祖父母に引き取られたとき、学区が違うから転校することになったんだけど、前の学校の全校生徒をボコボコにしたことでいられなくなって、転校してきた……なんて噂を立てられたことがあるし。

高町くんに話しかけることはせず、その辺に座ってお弁当を広げようとした。でも、彼の手に持っているのが、自販機に売ってるパックジュースだけということに気付いてしまい……。

『えっ！　高町くん、お弁当は？』

一度も話したことがなかったのに、思わず話しかけてしまった。

『ない』

『なんで!?　ダイエット？』

『いや、そういうわけじゃない』

『じゃあ、忘れたの？』

『……まあ、そういうとこ』

ぶっきらぼうだけど、質問にはちゃんと答えてくれる。

『購買にパン売ってるでしょ？　売り切れだったの？』

『並ぶのかったるくて。飲み物だけでいいかなって』

『よくない！　飲み物だけでお腹がいっぱいになるわけないでしょ！　ご飯は元気の源なんだ

から！　ちゃんと食べないとダメ！　私のを分けてあげる』

『え、いや……』

『ほら、早くここに座って。おにぎり、鮭《さけ》と梅どっちがいい？　梅は甘いやつじゃないよ。すっごく酸っぱいやつ！』

『どっちでも……』

『じゃあ、梅の方あげるね。おばあちゃんの漬けた梅なんだ。酸っぱいけど、美味しいよ』

アルミホイルで包んだおにぎりを渡して、お弁当箱の裏におかずを分けていく。

焦げ目がつくまで焼いたウインナー、残り物の肉じゃが、蜂蜜の入った卵焼き、にんじんのきんぴら。

予備で割り箸を持っていてよかった。よく落とすから、割り箸はいつも何本か用意してあるんだよね。

おにぎりに続いて、やや強引におかずと割り箸を渡した。

『はい、食べて。いただきまーす』

高町くんに渡した後、すぐに食べ始める。そんな私を見て、高町くんも『いただきます』と小さく言って卵焼きを食べた。

『……美味しい』

高町くんが驚いた表情を見せ、口元を綻ばせた。

『本当？　よかった！』

友達とはおかず交換したことがあって、美味しいって言ってもらったことがある。でも、男の子に褒めてもらえたのは初めてで、なんだかくすぐったい気持ちになってしまう。

『甘い卵焼き、初めて食べた』

いつもは、しょっぱい卵焼きなのかな？

『美味しいよね。私、卵焼きは絶対甘いのがいいんだ。砂糖を入れるよりも、蜂蜜を入れるのが好きで、今日のも蜂蜜入り』

『え、自分で作ってるのか？』

『うん、料理好きなんだ。おばあちゃんがすごく料理が上手でね。教えてもらって作ってるんだ』

高町くんと一緒に食事をとったのは、このときだけ。でも、このことがキッカケで、彼と他愛のない会話をするようになった。

ちなみに高町くんは律儀な人で、お弁当のお礼にジュースを奢《おご》ってくれた。


『北条、危ない！』

私があのとき、お弁当を分けなかったら。

知り合いにはならなかった。

線路に落ちそうなとき、気付いても助けに来なかったかもしれない。

私のせいで、高町くんを巻き込んでしまったも同然だ。

なんてことをしてしまったんだろう。

「エミリア……？」

おばあさまに名前を呼ばれ、流れ込んできた前世の記憶から帰ってきた。

「は、はい……」

「大丈夫？　昨日目覚めたばかりなのに、こんな長距離を移動したから具合が悪くなってしまったんじゃないかしら」

ご自分の方がうんと大変なのに、私のことを気遣ってくださって……。

「いいえ、おばあさまにお会いできるのは本当に久しぶりだから、懐かしいなぁって噛《か》みしめていたところなの」

おじいちゃん、おばあちゃん、私が死んでしまって、すごく泣いただろうな。残される側の人間が、どれだけ辛い思いをするかわかっていたのに。

ごめんなさい……。

「ふふ、そうね。本当に懐かしいわ」

サイドテーブルには、減っていないスープが置いてあった。

「おばあさま、お食事は……」

「さっきいただいたから大丈夫よ。それよりエミリア、お腹が空いたでしょう？　アシル、エミリアに食事を用意してあげて。来てくれたばかりなのに、ごめんなさいね。少し休むわね」

「……ええ、ゆっくり休んでね」

おばあさまのお部屋を出た私は、溢れた涙を拭ってアシルと共にダイニングへ向かう。

「エミリアお嬢様、昨日目覚められたばかりだとお聞きしましたが、昼食のメニューは胃に優しいものにいたしましょうか」

「ありがとう。おばあさまにお出ししていたスープがまだ残っていたらそれと、小さめのパンもお願いできる？」

「かしこまりました。すぐにお持ちします」

おばあさま、すごく痩せていたわ。

祝福を受けたくないのなら、少しでも何か召し上がってほしい。でも、スープすら口にしたくないのなら、どうしたらいいのかしら。

あれこれ考えているうちに、スープとパンが用意された。色と香り的にかぼちゃのポタージュね。大好きだわ。

「ありがとう。いただきます」

スープを口に入れた瞬間、期待外れの味に眉を顰《ひそ》めた。

「……っ!?」

なんか、不味《まず》い……。

味がぼけていて、ほのかに土臭い。

もう一口飲んでみる。

……うん、不味いわ。パンはどうかしら。

一口分ちぎって、恐る恐る口に入れる。

あ、パンは普通に美味しいわ。でも以前食べていたふわふわのパンとは違う、少しぼそっとした食感がした。

「申し訳ございません。お口に合いませんよね」

私の様子を見たアシルが、苦笑いを浮かべる。

「ご、ごめんなさいね。でも、パンは美味しいわ」

「小麦は戦争以前のものですから」

「あ、もしかして、このかぼちゃって……」

「はい、モラエナで採れたものです。資金は十分ございますので、他国から食材を取り寄せることもできるのですが、奥様は、自分だけ違うものを食べるわけにはいかない。我が領民が食べているものと同じものを口にすると仰っておりまして」

優しいおばあさまらしいわ……。

ジャック王子に爪の垢《あか》でも煎じて飲んでもらいたいものだ。

あいつなんてバリバリ輸入して、美味しい食材を食べていることでしょうね！　元凶のくせに！　あいつだけが呪われればよかったのに！　ジャックズ！

それにしても、ただでさえ食欲が落ちているんだもの。こんな美味しくないものをお出ししても、身体が受け付けるわけないわ。

かといって、他国から食材を取り寄せて美味しいご飯を作ったとしても、おばあさまは別の意味で口にしないだろう。

じゃあ、モラエナの食材でどうにかするしかないってことよね。

前世の家庭菜園で採れた野菜って、美味しいものだけじゃなかった。だから、どうすれば美味しく食べられるかは詳しいつもりだ。

「……アシル、食糧庫を見せてくれる？」

アシルに案内してもらって食糧庫を確認した。厚い雲越しにしか日光を浴びることができなかった食材は、どれもよろしくない状態だ。

みんながやつれて見えたのも、食事が進まないからかしら。

成長できなくて、普通のトマトがミニトマト状態……これじゃ味も期待できないわね。

そういえば、昔ミニトマトが苦手だった。

うちの家庭菜園でできるミニトマトってすごく酸っぱくて、青臭くて、子供の舌には大分辛かった。

でも、蜂蜜とレモンで漬けてもらったのは、甘酸っぱくて大好きだったのよね。高熱を出したときもこれならペロリと食べられたっけ。

——そうだわ！

「アシル、キッチンを貸して！」

「キッチン……ですか？　あの、何をなさるおつもりで……」

「もちろん、料理を作るのよ」

「料理？　エミリアお嬢様が？」

「いいから、早く！」

トマトとレモンを持って、驚くアシルに案内してもらってキッチンへ向かった。

「えっ！　エミリアお嬢様が料理を？　そんな仕事は私がやりますので……！」

「私がやりたいのよ。キッチンを借りるわね」

シェフのドニ、そしてアシルが見守る中、調理を始めた。

まずはトマトの味見……。

「……うっ……酸っぱ！」

これは前世の家庭菜園のミニトマト以上の酸っぱさと青臭さだわ。

「エミリアお嬢様、そのトマトはとても調理なしでは召し上がれませんよ」

「ええ、わかっているわ。でも、どんな味か知っておきたかったの」

熱湯を用意してサッとトマトをくぐらせて皮を破り、すぐに冷水につけて皮を剝く。ツルンと剝けるのが気持ちいい。

「お嬢様、なぜこんなことがおできになるのですか？」

そうよね。貴族令嬢は料理なんてしないもの。前世で経験があるから！　なんて言えるわけもないし、それらしい言い訳を考えなくちゃ！

「えぇーっと……本！　そうだわ。本を読んで勉強したのよ」

「そうだったのですね。さすが勉強家のエミリアお嬢様！」

褒められると、嘘を吐いた罪悪感がチクチク刺激されちゃうわ！

深さのある容器に、トマトが重ならないように並べる。そして蜂蜜をたっぷりかけて、搾りたてのレモン汁を少々かける。

レモンにはクエン酸が入っていて、食欲が出るさっぱりさがある。日当たりが悪いから育ちはあまり良くないが、レモンの香りには問題なかった。

でもレモンってなんでこんなにいい香りなんだろう。搾りたては特に最高！

この世界には前世みたいに電化製品はないけれど、代わりに魔道製品というものが流通していて、前世でいうところの冷蔵庫や冷凍庫っぽいものがある。電気の代わりに、魔法石という大量の魔力が入った石を入れて使う。

ちなみに魔道製品も魔法石もとても高価なので、貴族しか所持も維持もできない。

冷蔵庫にトマトを入れて、一時間ほど……いや、二時間は漬けた方がいいかも。

「片付けをしたら、一度部屋に戻るわ。アシル、二時間経ったら教えてもらえる？」

「エミリアお嬢様に片付けなんてさせられません！　私がやりますので、どうぞお部屋に戻ってゆっくりなさってください」

使用済みの調理器具に手を伸ばそうとしたら、ドニが両手を広げて立ちふさがる。

「そう？　悪いわね」

「とんでもございません！」

お言葉に甘えて部屋に戻らせてもらい、二時間後にまたキッチンに戻ってきた。

冷蔵庫からトマトを取り出して、アシルとドニが見守る中、一粒味見してみる。

昔食べた甘酸っぱい味が口の中に広がり、美味しさのあまり「んー！」と声を上げてしまう。

「エミリアお嬢様、大丈夫ですか？　ドニ、口直しに何かお持ちしろ」

「はい！」

ドニが砂糖を摑んだのを見て、慌てて止める。

口直しに砂糖を舐《な》めさせるつもりだったの!?

「ち、違うわ！　二人とも食べてみて！」

二人が「えっ」と眉を顰める。

無理もないわ。素のトマトは、相当不味かったもの。

「大丈夫、ちゃんと美味しくなってるから！　ほら、早く食べてみて」

二人は眉を顰めながら、恐る恐る口に運ぶ。咀嚼《そしゃく》した瞬間、口を押さえて笑みを浮かべた。

「……えっ……美味《うま》い！　エミリアお嬢様、すごく美味いです！　酸っぱくて加熱しないと食べられないのに、生のままでも甘くて美味しいです！」

「トマトとは思えない……果物みたいな甘さ……いえ、果物以上です！」

自信はあったけど、こうもいい反応をもらえると素直に嬉しい。

幸いトマトは大きくならなかっただけで、真っ赤とまではいかないが真っ青な色ではなかった。湯剝きをしたことで食べにくい皮がなく、そして味が染《し》み込《こ》みやすくなったことで、蜂蜜の甘さが果肉自体も柔らかく食べやすくしてくれている。

「でしょう？　これならおばあさまも召し上がってくださるんじゃないかしら。早速持っていきましょう」

トマトを器に盛りつけて、いちょう切りにしたレモンを散らして、ミントの葉を上に載せて飾りつけた。

味はもちろんのこと、見た目も大切よね。

「残りはよかったらみんなで食べてね」

アシルと共に、おばあさまの部屋を訪ねた。眠っていたら出直そうと思ったけれど、ちょうど目を覚ましたところだったみたい。

「おばあさま、トマトの蜂蜜漬けを持ってきたわ。少しでも召し上がって」

「……せっかく持ってきてくれたのに、ごめんなさいね。食欲がなくて」

「私が初めて作ったの。お願い、少しだけでも召し上がって？」

優しいおばあさまが、こういう言い方に弱いことを知っている。少しでも召し上がっていただけるのなら、ずるくてもいい。

「エミリアが？　……それじゃあ、少しだけ……」

おばあさまが召し上がるのを祈るような気持ちで見守る。

「……あ、ら……美味しい……」

お世辞じゃないということは、おばあさまの驚いた表情でわかった。

よかった！

「エミリア、このトマトはもしかして他国から取り寄せたもの？」

「いいえ、モラエナで採れたものよ。そのままではとてもじゃないけど食べられる味じゃないから、たっぷりの蜂蜜とレモンで漬けてあるの」

「まあ……エミリア、すごいわ。どこでこんなことを覚えたの？」

「えーっと、本で読んで」

「そうだったの。本当に美味しいわ」

おばあさまはゆっくり口に運んで、ついに全部食べてくださった。

「奥様がこんなに召し上がってくださったのは、どれくらいぶりでしょうか……」

アシルはおばあさまと空になった器を交互に見て、涙を浮かべる。

「ずっと口と胃が気持ち悪かったのだけど、サッパリしたわ。エミリア、ありがとう。アシル、心配をかけてごめんなさいね」

「ええ、また、何か作って持ってくるわね」

よかった。食欲が全くないわけじゃない。口に合うものなら、食べられる気力はある！

ちゃんと食べられるようになれば、元気になるわ。

キッチンに戻ると、使用人のみんなが集まっていた。

「あんな不味いトマトが、こんなに美味しくなるなんて信じられないわ。エミリアお嬢様は天才よ」

「こんなに美味しい野菜を食べたのは久しぶり。パンばかり食べてたから、ほら、見て。にきびができちゃったの」

「もうないの？　もっと食べたいわ」

トマトの蜂蜜漬け、好評みたいでよかったわ。

「気に入ってもらえて嬉しいわ」

トマトに夢中だったみんなが振り返り、頭を下げた。

「エミリアお嬢様！　いらっしゃっているのに気付かず、申し訳ございません」

「トマトの蜂蜜漬け、とても美味しかったです。ご馳走様《ちそうさま》でした」

「試しに作ったものだから、みんなで食べるのには少なかったわね。ドニ、さっき作り方は見ていたわよね？　追加で作ってあげて」

「かしこまりました。エミリアお嬢様、奥様は……」

「ええ、召し上がっていただけたわ。見て」

空になった器を見せると、みんながワッと声を上げた。アシル同様に涙を浮かべている人もいて、おばあさまがどれだけ愛されているかが伝わってくる。

「私、いまいちな食材をいい感じにするのが得意なの！　……じゃなくて、得意なのかもしれないわ。おばあさまが食べられるものを色々作ってみるわ。ドニ、手伝ってくれる？」

「もちろんです！」

「エミリアお嬢様、私たちにもお手伝いさせてください！」

こうして私はキッチンにこもり、みんなでおばあさまが食べられそうな料理を作ることになったのだった。

◆◇◆

私がおばあさまの屋敷に来て、半年――。

「エミリア、畑のお世話をしているの？」

庭の一角に作ってみた畑を手入れしていると、おばあさまとアシルが立っていた。

「ええ、でも、上手くいかないわ。にんじんは根が腐っちゃった」

おばあさまは日に日に食べられる量が増え、ベッドから起きて日常生活ができるようになっていた。

「太陽の光がないと、やっぱり難しいのね」

呪いの力は、まだまだ続いている。呪うならジャックズだけ呪ってほしいわ。

「でも、土を弄《いじ》るのは楽しいわ」

「そう、私も挑戦してみようかしら」

アシルが慌てて止めるのも聞かずに、おばあさまが私の隣にしゃがむ。

「無理なさらないでね？」

「ええ、大丈夫よ。エミリアの作ってくれた料理のおかげで、すっかり元気だもの」

私はあの日から、モラエナ産の不味い食材を美味しく食べられるように料理し続けている。

レシピはドニと共有して、屋敷全体の食生活を改善することに成功した。食事の力は偉大で
みんな元気を取り戻し、仕事に励んでくれている。

使用人たちから町の人たちにレシピが伝わって、そこからおばあさまの知り合いの経営しているレストランの手伝いも頼まれ、週に何度か出入りして調理に入ったり、新しいレシピを考えたりしている。

ありがたいことに、私が手伝ってから人気が出たと言ってもらえて、今は地域の人だけじゃ

なくて、色んな街から食べに来てくれる人が増えたみたいで活気に溢れている。

この国にはない肉じゃがとか、コロッケとかを出しているので、それが珍しいからかもしれない。

「エミリアお嬢様、そろそろお時間ですよ。着替えて、お店に行かなくては」

おばあさまと一緒に雑草をむしっていたら、マリーが呼びに来た。そう、マリーも自らの意志でこちらに来てくれたのだ。嬉しすぎて、泣いて喜んだ。

あれからマリーとは、たくさん話をした。

ジャック王子を嫌っていたこと、そして王城で見たカタリーナの姿……信じてもらえなくてもおかしくないのに、マリーはすぐに信じてくれた。

エミリアお嬢様が私に嘘を吐くはずがありません。私はエミリアお嬢様を信じます──そう言ってくれて、涙が出るほど嬉しかった。

「あ、うっかりしていたわ。おばあさま、いってきます」

「ええ、気をつけていってらっしゃい」

一度部屋に戻って、作業用の服からお出かけ用の服に着替える。料理の邪魔にならないように飾りがないロングワンピースに身を包み、髪を一つにまとめた。

「エミリアお嬢様、社交界へ行くご予定がなくとも、たまには着飾りませんか？　せっかくの美貌が勿体ないですわ」

ジャック王子の婚約者じゃなくなった私への周りの対応は……正直、腫れもの扱い。今までは社交界へのお誘いの手紙がひっきりなしに届いていたけれど、今は数件ほど。それもゴシップが大好きな令嬢からのお誘いで、目的はお察しの通り。

「おめかし程度なら私もたまにはしたいと思うけど、着飾ったら早々に脱げないし、料理の邪魔だわ」

たっぷりのフリルに火が燃え移るのを想像し、ゾッとしてしまう。

「そんなぁ……」

「ごめんね。また、機会があったらお願いするわね」

「絶対ですよ？」

「ええ、絶対ね」

そんな機会がないことを願う。

王都から離れ、社交界に出ることもなく、勉強することもない。好きな料理もできて、大好きな人たちに囲まれて過ごす日々は、とても充実していて幸せだ。

「じゃあ、行ってきます！」

どうかこの素敵な時間が、一日でも……一分一秒でも多く続きますように。

おばあさまの屋敷からお店までは、馬車で十分、徒歩で二十分ほどだ。

使用人たち（特にマリー）には危ない！　と反対されたけれど、護衛の騎士を付けることを条件に、徒歩で通っている。

だって、馬車なんて大げさだもの。それに歩くことは健康にいいしね。

道に生えている雑草を観察して、食べられるものが生えていないかなどもチェックしたいし。

前世でもよくおじいちゃんとおばあちゃんと散歩をしたものだ。

「ジョエル、今日もよろしくね」

「お任せください」

「特に背中辺りにうっかり何かが刺さらないようにお願い！」

「お嬢、その冗談は笑えませんって……あっは！」

「笑ってるじゃない」

彼はジョエル・ラヴィス、おばあさまの屋敷の護衛を務めている気さくな青年だ。健康的な小麦色の肌、茶色い髪は短く整えてある。

街の人たちに威圧感を与えないように、騎士服じゃなくて、私服を着てもらっている。

「しっかし、歩いて通いたいなんて、お嬢は変わってますね。貴族のお嬢さんなら、普通は五

分もしない道でも馬車に乗って移動するっていうのに」

「十人十色っていうでしょ？」

「じゅうにんといろ？　何ですかそれ？」

あ、そっか、こっちではそんな言葉ないもんね。

前世のことを思い出してから、たびたびこういうことがある。

「十人十色っていうのは……」

「なんか、いやらしい響きっすね！」

「なんでよ！　ちっともそんな響きしてないわよ。十人十色っていうのは、人それぞれ考え方が違うってこと」

「へー……健全っすね」

あからさまに興味がなさそうな顔をするので、思わず笑ってしまう。

少し離れたところに、おばあさんがヨタヨタよろめきながら重そうな荷物を運んでいる姿が見えた。

「ジョエル、おばあさんが困ってる！　助けてあげて」

「俺はお嬢の護衛っすよ。お嬢から離れるわけにはいきませんって」

「もうお店はすぐそこだから大丈夫よ。背中も気をつけるしね！　じゃあ、頼んだわよ！」

「あ、お嬢！」

お店に向かって走り出す。ジョエルが付いてきてないかどうか振り向くと、ちゃんとおばあさんを手伝っているのが見えた。

ジョエル、ありがとう！

前を向いた瞬間、ドンッと何かにぶつかってバランスを崩した。

「……っ!?」

転ぶ……！

腕を引っ張られ、腰を掴んでもらったことで転ばずに済んだ。顔を上げると、赤い髪の美丈夫と目が合う。

夕焼けを溶かしたように赤い髪、神秘的な金色の瞳の男の人——こんなに綺麗な人、初めて見たわ。絵画から飛び出してきたみたい。

あ、ら……？

何かしら。この人、なんだか不思議な感じがする。

初めて会ったのに、ずっと前から知っているような、懐かしい感覚だ。

いやいや、ありえないわ。これだけのイケメン、会ったことがあったら絶対に覚えているはずだもの！

「キミは……」

「え？」

「……いや、すまない。大丈夫か？」

「はい、私の方こそ申し訳ありませんでした。支えてくださってありがとうございます。おかげで転ばずに済みました」

いつもの癖でスカートの端を持って挨拶しそうになる。

あ、ドレスじゃないのに、この挨拶は変ね。

スカートの裾から手を離し、頭を下げた。

ハンスお兄様と同じ年頃かしら。質素な服に年季の入ったジャケットを羽織っているけれど、立ち方や雰囲気から高貴なオーラを感じる。

お忍びの貴族？　それにしては、見たことがない顔だわ。他国の貴族かしら。

「レオンさ……レオン、大丈夫ですか？」

黒髪の男性（これまたイケメン）が、赤い髪の男性を気遣う。

今、レオン様って言いかけなかった？　この方の従者かしら。やっぱり他国の貴族かもしれない。

「デニス、気にするのは俺じゃなくて、そちらの方だろう」

「あっ……失礼いたしました。レディ、お怪我はございませんか？」

「ええ、おかげさまで。本当に申し訳ありませんでした。それでは、私は失礼いたします」

こんな田舎に、他国の方が何の用でいらっしゃったのかしら。

お店の前には、行列ができていた。お昼時はとっくに過ぎているのに、大盛況！

うわぁ！　すごい！

「エミリアちゃん、おはよう！　来てすぐで申し訳ないけど、調理に回ってもらえる？」

「はい！」

エプロン姿が似合うこのマダムは、おばあさまの屋敷のお知り合いで、この店のオーナー兼コックのアンヌさんだ。

手をしっかり洗って、店に置いてあるエプロンを付けた。

「注文入りました。卵焼きと唐揚げお願いしまーす！」

ホールから注文が入る。

卵焼きと唐揚げ、もちろん私が考案したメニューだ。

野菜や草木が育たないとお肉や卵も不足する。でも、この環境でも育つもので上手に飼育できているそうで、バランスがよい食事……とまではいかないけれど、お腹いっぱいになり満足できるメニューで人気がある。

「はーい！」

「エミリアちゃん、昨日作ってもらった肉じゃがが、もうなくなりそうなの。また、鍋いっぱいに作っておいてくれる？」

「わかりました。今日は大盛況ですね」

「ええ、エミリアちゃんが来る日っていうのがバレちゃってね。同じメニューでも、エミリアちゃんが作った方が美味しいって」

「同じレシピなんだから、そんなことないのに。でも、嬉しいです」

注文の料理を作りながら、同時に肉じゃがの仕込みもしていく。

「お嬢、ばあさんは家まで送っていってあげましたよ」

そのうち、ジョエルも用事を済ませてやってきた。

「ありがとう！」

「忙しそうっすね。何か手伝いましょうか？」

「じゃあお皿洗ってくれる？　足りなくなりそうなの」

「了解っす」

ジョエルにも手伝ってもらったおかげで、一時間ほど過ぎるとようやくお客さんが減ってきた。

「アンヌさん、ホールの様子見てきていいですか？」

「こっちは落ち着いてきたからいいわよ！」

「ありがとうございます！」

エプロンを外して、ホールへ向かう。

「あ、エミリアちゃん、肉じゃが最高だよ〜！　おじさん、ハマっちゃってさ。毎日食べたく

「えみりあちゃんのおかげで、人気の店になっちゃうんだよ」

「エミリアちゃん、次の新作も楽しみにしてるよ！」

こちらの世界では馴染《なじ》みのないメニューが受けているみたい。

「ありがとうございます！」

私の作ったご飯を美味しそうに食べてくれているのを見るのが好き。

そういえば私、前世は調理専門学校に進学して、将来は調理師を目指そうと思ってたのよね。

まさか今世で夢が叶《かな》っちゃうなんてね。

あら？

端の方に、さっきぶつかったレオンさんとデニスさんが座って、ご飯を食べながらこちらを見ている。

さっきの人、ここのお客さんだったのね。……なんでこっちを見ているのかしら。あ、そうだわ！　さっきのお詫《わ》びに、何かサービスしよう。

アンヌさんに了承を得て、トマトの蜂蜜煮をサービスさせてもらうことにした。

「さっきはぶつかっちゃってすみませんでした。これ、よかったら召し上がってください」

従者の方はオムレツを食べているけれど、レオンさんは飲み物だけ。

お腹が空いていないのかしら？　だとしたら、余計なことをしちゃったかも。

「気を遣わせてすまない。ありがとう。……この料理は、誰が考えたものなんだ？」

そう言うと、彼は隣の人が食べている卵焼きを指差した。

「それでしたら、私です……」

どうしてそんなことを聞くのだろうか……？

「ごめーん、エミリアちゃん！　こっち手伝ってくれる？」

「はーい！　ではこれで失礼いたします」

振り返ると、おじいちゃんとおばあちゃんと一緒に、小さい男の子が嬉しそうにご飯を食べているのが目に入った。

「リュカ、美味しいかい？」

「うん、おいしいっ！」

「よかった。よかった。おじいちゃんの分もお食べ」

あ……。

その姿が、前世の自分と重なって、懐かしさと寂しさと温かさで胸を締めつけられた。

男の子が顔を上げて、私と目が合うとニコッと笑ってくれる。

「！　美味しい？」

「おいしいよ！」

「そう、いっぱい食べてね。ご飯は元気の源よ」

次の瞬間、ガタッと勢いよく椅子から立ち上がる音が聞こえた。振り向くと、レオンさんが驚いた表情で私を見ていた。

え、何？

「レオン様、どうなさいました？」

デニスさんも驚いている様子だった。彼の質問には答えず、レオンさんはツカツカと私に向かって歩いてくる。

な、なに!?　なになになに!?　何事!?

「あ、あの？」

「二人きりで話せないか？」

「えっ!?」

「頼む。どうしても、二人きりで話したいことがあるんだ」

二人きりで!?　何を!?

固まっていると、キッチンにいたジョエルが慌ててこちらに来て、私を背に庇う。

「おい、うちのお嬢に、何の用だ」

「あ、ジョエル！」

他のお客さんが、何事かと騒ぎ出した。

「退《ど》いてくれ。その人と二人で話がしたいんだ」

「うちの大事なお嬢だ。二人きりなんて許可できない。ここで話すか、お嬢がどうしても話したいと言うのなら、俺も同席させてもらった上で話してもらう」

「レオン様、私も同席させていただきます」

デニスさんが、レオンさんの前に立つ。従者の方とジョエルが睨み合うのをお客さんが興味津々といった様子で見ていた。

ちょ、ちょっと、ちょっと、これはまずい……！

「エミリアちゃん、何事なの？」

異変に気付いたアンヌさんまで、キッチンから出てきた。

「ええっと、これは……」

「……高町」

――え!?

この世界で、私しか知らないはずの名前――まさか、こんなところで聞くなんて思わなくて、心臓が大きく跳ね上がる。

「高町陽翔……という名前に、聞き覚えはないか？」

どうして、高町くんの名前を!?

「ジョエル、下がって」

「ですが、お嬢……」

「大丈夫よ。いいから、下がって」

「……はい」

ジョエルが渋々私の後ろに下がった。でも、何かあればすぐに動き出せるように、ピリピリした空気を感じる。

「デニス、お前もだ」

「ですが……！」

「命令だ」

ジョエルに続いて、デニスさんも下がった。

「アンヌさん、上の休憩室をお借りしてもいいですか？　この方とお話がしたくて……」

「それは構わないけど……大丈夫？」

「はい、心配しないでください」

私はレオンさんと一緒に、上にある休憩室へ向かった。ジョエルが二人きりになんてできないと心配してくれたけれど、何かあれば呼ぶからと言って下がってもらった。

「こちらに座ってください」

「ありがとう」

テーブルを挟んで、向かい合わせに座る。

この人は、誰なの？

初めて会ったときに受けた不思議な、懐かしい感覚——まさか、この人は……。

「あの、高町くんを知っているんですか？」

違う。私の予感なんて、どうか外れていてほしい。

「知っている……というか」

だって、もしこの人がそうなら、高町くんは――。


「俺が高町なんだ」


高町くんは、本当に死んでしまったってこと……。

「そ、んな……」

あの状況じゃ、絶望的だってわかってた。きっと私と一緒に死んでしまったんだって。だけど、希望は捨てたわけじゃなかった。

電車の線路の隙間に落ちて、高町くんだけ助かった……とか。

高町くんの手を誰かが引いてくれて寸前のところで助かった……とか。

でも、死んでしまっていたんだ。

罪悪感で胸が苦しい。潰れてしまいそう。涙が溢れて、頬を次々と伝う。

「！」

そんな私を見て、レオンさん……ううん、高町くんが慌てた様子で立ち上がる。

「ど、どうして泣くんだ？」

「……っ……わ、私のせいで……私を助けようとしたせいで、高町くんまで死んじゃって……ごめんなさい……」

謝って済む問題じゃない。故意じゃないとはいえ、私は高町くんの未来を奪ってしまった。罵倒されても……ううん、殴られたって、復讐《ふくしゅう》されたっておかしくない。

「……やっぱり、北条だったんだ。顔を見たときに、ものすごく懐かしい感じがして……」

高町くんも、私と同じことを感じてたんだ。

「さっき子供に、ご飯は元気の源って言ってただろ？　俺に弁当を分けてくれたときも同じことを言ってたから、もしかしてって思ったんだ。それにこのレストランで出す料理も日本食だったしさ。久しぶりだな。……その、会えて嬉しい」

会えて嬉しい……？　命を落とす原因になってしまった私と？

「嘘……」

「どうして疑うんだ？」

「だって、私が線路に落ちなければ、高町くんが死ぬことなんてなかったのに……」

「北条は後ろにいた中学生にぶつかられて、線路に落ちた被害者だろ。それにあれは俺が勝手にしたことだ。北条は何も悪くない。というか、助けられてないしな……こっちこそごめん」

優しい人――。

私が高町くんと同じ立場なら、こんなことが言えるかしら。

「高町くんが謝ることないでしょ！　本当にごめんなさい。北条くんの未来を、人生を奪ってしまって……」

謝って許されることじゃないとわかっていても、謝らずにはいられない。

「ああ、いいんだ。気にしないでくれ」

「……え？」

サラッと言われた。

例えるなら、友達のペンを間違えて持って帰ってしまって、翌日謝って返したときのノリ!?

「ありがとう……私が気にしないようにそう言ってくれているのね」

表情から感情を読み取ろうと注意深く見る。

「いや、本当に。北条のいない人生なんて、生きていても意味がないから」

「えっ」

私のこと、そんなに大切な友達だと思ってくれてたの……？

胸の中に春が生まれたみたいに、ポカポカ温かい。

「俺も転生したなら、北条もそうなんじゃ……と思って、ずっと探してたんだ。まさか、モラエナにいたなんてな」

そう言うと高町くんは嬉しそうな顔をしてくれた。きっと前世の記憶が共有できる相手が見つかって心強いと思ったのだろう。私も同じ気持ちだ。

「ここで卵焼きがメニューにあるのを見て、北条が分けてくれたお弁当を思い出したんだよ。あの甘くて、冷めていてもどこか温かい味の卵焼きを」

「ありがとう、そこまで覚えていてくれて……それに、この国では卵焼きは作らないものね」

「忘れるわけないだろ、あのときのことは」

そう言ってくれるとすごく嬉しい。誰かの心に残る前世……いや、人生——だったのだから。

「あ、そうだ。高町くんは、どの国に転生したの？　きっと貴族よね？」

「よくわかったな。デュランタの第二王子だ」

「えっ！　デュランタだったの!?」

「そう、今の名前はレオン・リースフェルトだ」

デュランタの第二王子といえば、数年前に第一王子が亡くなっているため、王位継承権第一位になった。

「すごい。高町くん、王子様だったんだ！　あ、じゃあ、レオン王子って呼ばないと」

前みたいに呼び合ってたら、周りから変に思われてしまうものね。

「レオンでいいよ」

呼び捨て……というのも、気が引ける。でも、こちらの世界では「くん」を付けるのは変よね。

「わかったわ。レオン」

ん？　ちょっと、待って？　レオン王子って、ジャック王子に毒殺されそうになったあのレオン王子よね……!?

まさか、高町くんが被害に遭っていたなんて……。

あいつ、本当にとんでもない男だわ！

「北条はこの世界では、なんて名前なんだ？　お嬢って呼ばれてたし、貴族なんだろ？」

「ええ、私はエミリア・ラクールよ。一応公爵家の令嬢」

「エミリアか、いい名前だな。レディ・エミリアって呼んだ方がいいか？」

レオンが悪戯《いたずら》っぽく笑う。

「ふふ、エミリアでいいわよ」

「わかった。じゃあ、エミリア」

「うん」

私の名を敬称なしで呼ぶのは、両親とお兄様とおばあさま、それに国王夫妻とジャック王子だけだった。

誰に呼ばれても特に何も思わなかったけれど、どうしてかしら？　レオンに呼ばれると、少しくすぐったい気持ちになるわね。

「でも、エミリアがどうしてこんな田舎に？　この前まで王都にいただろ？」

「えっ！　私のこと見たの？」

「ああ、半年ぐらい前だったか？　城門のところで、気分が悪そうに見えたから話しかけたんだが、あのときは本当に大丈夫だったのか？」

「！　あのときの人って、レオンだったの!?　ごめんなさい。あのとき貧血を起こしていて、姿がハッキリ見えなくて覚えていないの」

「やはり大丈夫じゃなかったか。強引にでも家に送っていけばよかったな」

「ううん、あのときは城の中にどうしても行かないといけなかったから、家に帰るわけにはいかなかったのよ」

「……何かわけありなのか？」

私の沈んだ表情を見て、レオンは何か察したらしい。

「えーっと……あんまり愉快な話ではないのだけど」

「エミリアのことなら、なんだって知りたい」

レオンの優しさが嬉しい。

カタリーナのことは、マリーにすら話せなかった。でも、ずっと誰かに聞いてほしかったから。

「ありがとう。実はね……」

レオンの優しさに素直に甘え、私は今までのことを話した。

ジャック王子の婚約者として必死に頑張ってきたこと、カタリーナと街に出かけた際に暴漢に刺されて三年も眠っていたこと、そのショックで前世を思い出したこと、目覚めたらカタリーナがジャック王子と結婚していたこと、恋愛結婚を夢見ていたカタリーナがさぞ傷ついているだろうと思っていたら、実は次期王妃になりたくて私を刺すように仕向けたこと、カタリーナに嫉妬していると両親に勘違いされて田舎に追いやられたけれど、今の生活がとても好きだということ……。

「お前の妹、怖いな」

「そうなの！　天使みたいな見た目なのに悪魔のようなのよ……」

マリー以外誰にも話せなかったカタリーナのことについて語らえて嬉しい。息苦しかった胸の中がスッと楽になるのを感じた。

「とんでもない目に遭っていたな……国は別でも同じ世界に生まれたのに、助けてやれなかったのが悔しい」

「それを言うなら、私もよ。ジャックズに毒殺されそうになるなんて……！」

「ジャックズ？　ジャックじゃなかったか？」

「あっ……心の中でそう呼んでたから、ついね。ジャック王子よ。本当にクズよね。デュランタに許されたのが不思議だわ」

するとレオンの表情が少し暗くなる。

嫌なことを思い出させてしまったかしら。

「……エミリアは、あいつと婚約してたんだよな？」

「ええ、そうね」

「あいつに対して、気持ちはなかったのか？　なんというか、王子様って感じの見た目だしさ。女受けがよさそうな顔してるだろ？」

「気持ちって……私が、ジャック王子のことを好きだったのかってこと？」

おぞましすぎて、顔が歪《ゆが》む。

「そういう意味だ……って、すごい顔してるぞ」

「この表情が答えだと思ってくれていいわ。ジャックズは確かにイケメンかもしれないけど、そのイケメンを台無しにするほどのクズなのよ。子供の頃からあいつのせいで何度辛酸を舐めたかわからないわ。ずっと大嫌いで、結婚するのが本当に嫌で堪らなかったのよ」

「そうか、安心した」

ジャック王子の悪口を聞かされたレオンは、かなり嬉しそうだった。

どうして安心するのかしら？

するとレオンは真剣な顔で、私を真っ直ぐ見つめて——

「俺、お前のこと前世からずっと好きだったんだ」

え——

「だからあのとき救えなくて申し訳なかった、お前だけでも生きていてほしいと最初は思っていた。けれどどうしても諦めきれなくて探していたんだ。だからこうして再会できたから、もう後悔しないようにきちんと伝えておきたかった」

私は突然の告白に、心臓の鼓動が加速するのを感じた。

彼からの意外な言葉に、私は胸が痛いくらいドキドキしてしまう。

「えっ……えぇっ」

レオンが私を!?

……って、そんなわけなくない?

前世での私は平々凡々な女子高生だったたし、好きになる要素なんてまるでない。高町くんはものすっごくモテてたし、私なんかよりもうんと素敵な女の子からアピールされていたはず。

じゃあ、どうして私を好きだなんて言うの……?

「あ、あのどうし——」

コンコンと私が高町くんに声をかけると同時にノックされた。

「ど、どうぞ!」

「エミリア様、少し長かったのでお茶を持ってまいりました」

……マリー! びっくりしたわ! タイミングが、よすぎなのよ。

でも、高町くんが私を好きなんて誤解よね。ちょっとからかっているだけよ。

「ありがとう、マリー。よければレオンもどうぞ!」

「あぁ、ありがとう」

そう言うと、高町くんはさっきまでの真剣な表情とは違う。普通の雰囲気に戻った。やっぱり気のせいだったのね！

「そういえば、レオンはこんな田舎にどうして来たの？」

「今、モラエナはデュランタの監視下にあるんだが、最近この町で妙な動きがあったものだから、直接見に来たんだ」

「妙な動き？　なんだか物騒な話ね……」

うちの領地で物騒な話はごめんだわ。おばあさまの耳に入れたくない。心労でまた体調を崩されてしまうかも……。

「心配しなくて大丈夫だ」

「そうなの？」

「ああ、原因はエミリアだったからな」

「えっ！　私？」

「この町の何の変哲もないレストランにやけに人が集まっているって情報が入ってきて、反乱因子があるんじゃないかと疑ったんだが、純粋にエミリアの料理が美味しいからだったたな」

お客さんがたくさん来てくれて嬉しいとは思っていたけれど、まさかデュランタに疑いをかけられるほどまでだったなんて……。

「そ、そうだったの」

……えへへ！

どうしよう！　嬉しさが隠せない！　顔がにやけてしまう。

「エミリア、一つ頼みがあるんだけど、聞いてもらえないか？」

「えっ！　一つと言わず、二つでも三つでもいいわよ。何？」

そう答えると、レオンは嬉しそうに笑う。

もちろん社交辞令なんかじゃない。友達の頼みなら、力になってあげたい。それが友達ってものだ。

「ありがとう。エミリアの作った料理が食べたい。特に肉じゃがと卵焼き」

「もちろん！　あ、でも、お腹いっぱいじゃなかったの？」

「いや、むしろ減ってる」

「そうなの？　さっき飲み物しか頼んでなかったから、お腹がいっぱいなのかと思ってたわ」

「ああ、実はなんというか……」

レオンが言いにくそうにする。

「何？　あ、さっきはお腹が痛かったとか？　大丈夫？」

「いや、違う。……情けない話なんだが、毒殺されそうになってから、食事が苦手になって、外では絶対に食べられないんだ。毒検知の魔道製品を使って調べて大丈夫でも、身体が受け付けなくて」

「そ、そうだったのね……！」

そういえば飲み物も全然減っていなかったわ。きっと飲み物も駄目なのね。可哀相なレオン……。

情けなくなんてない。あんなことがあったら、食事が苦手になっても無理はない。

生きていく上で食事はとても大切なものなのに、あのクズ王子、なんてことしてくれるの！

ジャック王子！　あのクズ！

「でも、エミリアの作った料理なら、食べられる」

信頼してくれているのね。嬉しいわ。

「すぐに持ってくるわ！　すぐだから！　待っていて！」

「ゆっくりで大丈夫だ」

「すぐだから！」

私はものすごい勢いで階段を下りて、キッチンに飛び込んだ。ジョエルが慌てて追いかけてくる。その後ろにはデニスさんも付いてきていた。

「お嬢！　大丈夫でしたか!?」

「ええ、大丈夫よ。料理を持って、またすぐに戻るから」

「料理？　まさかレオン王……いえ、レオン様にですか？」

デニスさんが表情を曇らせる。側近の彼は、レオンの事情を知っているはずだから、心配しているのだろう。

「ええ、レオンが食べたいって言ってくれたので」

「えっ！　レオン様が⁉　ほ、本当にレオン様が召し上がりたいと？」

「はい」

「えええええっ！　あっ……ありがとうございます！　ありがとうございます‼」

すっごく心のこもったお礼を言われてしまった。食事のとれないレオンをとても心配していたに違いない。

アンヌさんに料理の代金は私のお給料から引いてもらえるようにお願いしたのだけど「エミリアちゃんにはお世話になってるから気にしないで！　好きなだけ食べてもらいなさい」と言ってくれた。

レオンのリクエストの肉じゃがと卵焼き……だけじゃ足りない。できるだけ早くできるものを用意していく。

チーズ載せオニオンスープ、本当はおにぎりも用意したかったんだけどお米がないのよね。おにぎりの代わりといってはあれだけど、しょっぱいものと組み合わせられるようにベーコンと野菜のチーズトマトソースをかけたホットケーキ（張り切りすぎて三段になっちゃったわ）をトレイに載せて運ぶ。

「うっ……結構重いわ」

ここでお手伝いをするようになってから、結構力がついたと思ってたけど、結構な重さに手がプルプル震える。

「お嬢、俺が運びますよ」

ジョエルが私の手からトレイを受け取った。さすが騎士！　小石でも持ち上げるかのように軽々と持っている。

「ありがとう！　助かるわ。じゃあ、お願いできる？」

「いいですよ。それよりも、さっきの男……本当に大丈夫なんですか？」

「心配してくれてありがとう。大丈夫よ。彼は私の旧友なの」

「え、そうだったんですか？　じゃあ、貴族で？」

「ええ、デュランタ国のレオン王子よ」

「ええ!?　デュランタの!?　はぁぁ～……お嬢って顔が広いんですね」

「ふふ、とてもいい人よ。自分の命が危ないのも顧みず、私を助けてくれたこともあるんだから」

「おお！　素晴らしい人ですね」

「でしょう？」

ジョエルに手伝ってもらって、レオンの元へ戻った。

「レオン、お待たせ！」

「失礼します」

「ジョエル、ありがとう。後は下でアンヌさんの手伝いをしてくれる？」

「了解っす！」

ジョエルからトレイを受け取ろうとしたら、レオンが代わりに受け取ってくれた。

「俺が運ぶよ」

「レオン、ありがとう」

「肉じゃがと卵焼きだけじゃなくて、こんなに作ってきてくれたのか？」

「多すぎたかしら？」

「いや、腹がはち切れても全部食べる」

「ふふ、いっぱい食べてくれるのは嬉しいけど、無理しないでね」

ジョエルは私とレオンを交互に見て、ニヤリと笑う。

「ジョエル、どうしたの？」

「いや、ふへへ！　なんでもないです。じゃっ！　お邪魔虫は退散しますんで！　ごゆっくり！」

ジョエルは締まりのない顔のまま出ていった。

一体、どうしたのかしら？

「エミリア、今の人は？」

「おばあさまの家の護衛騎士で、今日は私を護衛してくれているの。ジョエルっていうの。気さくでいい人よ。さあ、冷めないうちにどうぞ」

テーブルに着いて、レオンが食べるのを見守った。

味には自信があるけど、レオンに食べてもらうとなるとなんだか緊張する。

それにしても、こちらの世界でもイケメンだわ。食べている姿が、絵画みたい！

貴族育ちだというのがわかるフォークとナイフの持ち方で、様になっていて礼儀正しいのが伝わってくる。そういえば高町くんも箸の使い方、綺麗だったなぁ……。

「じゃあまずは卵焼きから……いただきます」

そう言うと、ナイフで半分にカットした卵焼きを口にする。

「やっぱこの甘い卵焼きだよな～！　懐かしい……すごく美味しいよ、エミリア！」

その表情は前世と同じで、なんだかホッとする。

そう言うとレオンは肉じゃがにも手を伸ばす。少しじゃがいもが大きいけど、気にせず一口で食べる。

「うんうん！　冷めていても美味しいけど、やっぱりあったかいといいよな～！　ほくほくのじゃがいもに味がしっかり染み込んでいて、安心する味。この味が染みた玉ねぎもいい！」

「本当？　よかった！」

「このホットケーキの上には何が載ってるんだ？　甘いホットケーキ、じゃないよな？」

珍しそうにチーズトマトソースのホットケーキを見ている。

「そうなの、これは甘くないホットケーキ！　ベーコンと野菜を細かく刻んで煮込んだ特製チーズトマトソースをバターたっぷりで焼いたホットケーキの上にかけてあるの。生地には砂糖をほんの少し使ってる程度だから、ほとんど甘さは感じないと思うわ」

私の話は聞いてるんだけど……レオン、もうホットケーキを切って口へ運んでいる。

「ん！　これも美味しいな！　トマトソースもなんだか日本で食べていた味を思い出す！　チーズもいいな。満足感がすごい」

満面の笑みのレオンに、私も胸がいっぱいになりそうだわ。

「相変わらず美味しいな。食材は他国から輸入しているのか？」

「いいえ、全部モラエナで採れたものよ」

「モラエナの食材で？　日照不足でまともな作物が採れないんじゃなかったのか？」

「下ごしらえや調理方法を工夫して、なんとか美味しくしてるのよ」

「なるほど……エミリアはすごいな」

「前世でおばあちゃんに色々教えてもらったおかげよ」

レオンの食べっぷりは気持ちがいいほどで、私は彼が食べる姿を夢中になって眺めた。

前世の記憶を思い出してから、自分だけがこの世界で異質なものに感じて心細かった。でも、レオンに再会して、美味しそうに食べる顔を見ていたら、そんな気持ちはどこかへ行ってしまった。

再会できて、本当によかった。

レオンはデュランタの人だし、これからそう簡単には会えないわよね。同じ国に生まれたらよかったのに……。

ううん、こうして再会できたのは、奇跡みたいなものだもの。贅沢を言っちゃいけないわ。

「エミリア？」

「！　何？　やっぱり多かった？」

「いや、そうじゃなくて、表情が暗いからどうしたのかと思って」

やだ、表情に出ちゃってたのね。

「ううん、大したことじゃないのよ」

本当のことを言ったら、レオンを困らせてしまうわ。誤魔化さないとね。

「えーっと……肉じゃがのお供は、やっぱりお米がいいと思って。私、前世を思い出してからずーっとお米が食べたくて仕方がないのよ」

「そうだったのか。デュランタにはあるぞ」

「えっ！　本当!?」

「ああ、友好国から送られてくるもので、うちで栽培されたものじゃないけどな」

「うわぁ～……いいなぁ」

お米……お米……もう、お米のことで頭がいっぱい！

「エミリア、うちの国に来たらどうだ？」

「えっ！　いいの？　いつか旅行に行きたいわ！」

デュランタの人がモラエナに来るのは許されそうだけど、やらかしてしまったモラエナからデュランタへの移動は、情勢的に許されるのかしら。しかも私は、ジャック王子の元婚約者だし……。

「いや、旅行とかじゃなくて」

「うん？」

旅行じゃないの？

「……その、旅行とかじゃなくてだな」

レオンの頬が少し赤い。

どうしたのかしら。すごく言いにくそうだけど……あ、わかった！

「あっ！　大丈夫よ。今すぐ行きたいだなんて我が儘を言うつもりはないわ。今は大変な時だもの。情勢が落ち着くまでは、ちゃんと我慢するつもりよ」

「い、いや、そうじゃなくて」

「違うの？」

レオンは少し目を泳がせ、やがて私の目を真っ直ぐに見て口を開いた。

「旅行じゃなくて、俺の妃としてデュランタに来てくれないか？」

「……えっ！　私がお米に飢えてるから!?　だ、大丈夫よ。たまに食べることができれば、毎日食べられなくても我慢できるわ！」

お米に食いつきすぎちゃったわね！　レオンに気を遣わせてしまったわ。

「いや、そうじゃない。さっきも言った通りで俺はずっと……前世からエミリアのことが好きだった。だから、俺の妃としてデュランタに来てほしい」

……はっ！　レオンは優しい人だもの。私を助けてくれようとしているんじゃない!?

両親から誤解されていて、命を狙う恐ろしい妹がいて、婚約者を妹にとられて田舎に追いやられた私を不憫《ふびん》に思って、助けてくれようとしている？

きっと……ううん、絶対そうだわ。デュランタでずっと暮らすには永住権が必要で、手っ取り早い方法が、あちらの人との婚姻だもの。

やだ、私ったら恥ずかしい！　一瞬、動揺しちゃったわ。

「レオン、ありがとう。嬉しいわ」

あなたって人は、もう……っ！

私はレオンの手を両手でギュッと握った。

「エミリア、じゃあ……」

「大丈夫よ。私、今の生活で困っていることはないの」

「……………ん？　え？」

「他の人から見たら、王都から追いやられてこんな田舎に……って思うかもしれないけど、私はここの生活がすごく気に入っているの。向こうではできなかったことが、こっちではたくさんできて充実しているわ。だから、心配しないで」

レオンは目を丸くし、ハッとした様子で首を左右に振った。

「い、いやいやいや、そういう意味じゃない。俺は本当にエミリアに妃になってほしいと思って……」

ああ、もうあなたって人は、どれだけ優しいの？　優しいを通り越して、お人好《ひとよ》しだわ！

「心配させないように嘘を言っているわけじゃなくて、本当なのよ。だから、大丈夫！　レオン、本当にありがとう」

レオンは額に手を当て、大きなため息を吐いた。

「……そういえば、前世でも鈍かったな」

「え？　何？」

「なんでもない。ただ、長期戦になりそうだなと思っただけだ」

「長期戦？」

なんのことだかわからず、首を傾《かし》げた。

「まあ、いいや。とにかくデュランタに遊びに来てくれ。米だけじゃなく、色んな食材があるぞ」

「ええ、ぜひ、遊びに行きたいわ！」

一つ楽しみができた。

ああ、早く情勢が落ち着かないかしら！　デュランタ国に行けるのが本当に楽しみだわ。

五食目　幸せな食卓には、野菜たっぷりの熱々シチューを並べて

fifth meal

「ごちそうさま」

「お粗末様でした」

張り切りすぎてかなりの量を作ってしまったけれど、レオンは残さず綺麗に食べてくれた。

空っぽになったお皿を見ていると、笑みが零れる。

「レオンはどれくらいこの町にいられるの？」

「明日の昼には発《た》つ予定だ」

せっかく再会できたのに、こんなにも早くにお別れなんて寂しいわ……。

「そう……」

あ！　そうだわ。

「レオン、今日はどこに泊まるの？」

「まだ決まってないけど、その辺で宿を取ろうと思っているんだ。評判のいいところを知らないか？」

やったわ！

「それなら、私がお世話になっているおばあさまの屋敷はどう？」

「いいのか？」

「ええ、おばあさまは、とても優しい方なの。きっと許してくださるわ」

「……でも、俺はデュランタの人間で、第二王子だぞ？」

「知っているわ」

「そうじゃなくて、一応モラエナにとって敵国の王子で、この国に呪いをかけた元凶みたいなものだ。嫌がるんじゃないか？」

「モラエナに呪いがかけられたのは、レオンのせいじゃなくて、ジャック王子のせいよ。あの人が戦争を起こさなければ、こんなことにはならなかったんだから」

戦争を起こす前は、ジャック王子の評判は良くもなく、悪くもなくって感じだった。国のために手柄を立てたわけでもなく、かといって何かやらかしたこともなかったからね。

でも、戦争を起こしてからというもの、評価は最底辺に落ちた。ジャック王子の悪口を聞かない日はない。

ちなみに私が元婚約者ということも知られていて、最初は私も悪意の対象になるんじゃないかなー……と思っていたのだけれど、ほとんどが好意的というか、正直言うと同情されている。

まあ、そうよね。暴漢に襲われて刺されて寝たきりの間に、婚約者が妹と結婚してるんだもの。

全く悪意を向けられることがないわけじゃない。でも、同情してくれた周りの人たちが止めてくれるので特に被害はない。

「そう思ってくれているのは、エミリアだけじゃないか？」

「そんなことないわ。周りの人たちだって、私と同意見のはずよ」

「じゃあ、泊めてもらいたい。その方がエミリアとも一緒の時間を過ごせるしな」

「やったわ！　私もそう思っていたの。だって、せっかく再会できたんだもの。まだ一緒にいたいわ」

するとレオンが顔を逸《そ》らし、口元に手を当てた。その頬は、なぜか赤い。

「レオン？」

「いや、エミリアがそういう意味で言っているんじゃないってわかってる。わかっているけれど、どうしても顔が緩んで……」

「そういう意味って、どういう意味？」

レオンは何度聞いても、教えてくれなかった。

◆◇◆

私の思った通り、優しいおばあさまは、レオンとデニスさんを快く迎え入れてくれた。

マリーや使用人のみんなも、私のお友達で、しかも命の恩人なら、手厚くもてなさなくては！　と、張り切ってくれたのが嬉しかった。

ジャック王子のせいで食事が苦手になってしまったレオンに、少しでも美味しくて栄養があるものを食べてもらいたい。

屋敷の中の案内はマリーに任せて、私は帰るなりすぐキッチンに入り、今日の夕食作りに取りかかった。

今日はたっぷりの野菜と鶏肉《とりにく》のクリームシチューとバケット、おばあさまには硬すぎるから、別に柔らかいパンを焼いた。

ガーリックトーストにしようかな？　とも思ったけど、長らくまともに食事をとれていなかったレオンの胃には刺激が強すぎるのでやめておいた。

それからにんじんを千切りにして、オリーブオイルと酢で味付けしたサッパリサラダに、きのこのバター焼きを用意した。

美味しく食べてくれたらいいな。

ドキドキしながら迎えた夕食の時間、こうしてレオンを含めてみんなでご飯を食べると幸せな気持ちになる。

「「いただきます！」」

そうみんなで言うと、各々食事に手を伸ばす。部屋の中がシチューのクリーミーな香りに包まれ、お腹が鳴りそう！

「エミリア、すごく美味しい！」

「よかった！」

私もシチューを一口っ！　ん〜〜〜！　シチューってどうしてこんなに美味しいのかしら。牛乳の甘さとバターのコク、そして鶏肉や野菜のエキスが詰まっていて心まで温まる。

「エミリア様、レストランの料理も素晴らしかったですが、この料理もとても美味しいです。デュランタ国城のシェフが作ったものよりも美味しいです」

レオンもデニスさんも絶賛してくれて、くすぐったい気持ちになる。

「ふふ、ありがとうございます。お世辞でも嬉しいです」

このサラダもおばあさまやレオンが食べやすいようにさっぱり味付けしつつ、シチューは鶏肉がうんと柔らかくなるまで煮込んである。これがまたパンやバケットに合うのよね！　ひたひたになるまでシチューがしみ込んだパン、美味しいーっ！

「いえいえ、僕もそれなりにお世辞を言うことはありますが、今のは本心です。でも、よかった……レオン様がまともにお食事をされるところを久しぶりに見ることができて安心しました」

そうよね。心配よね。

「食事が怖くなるなんて、お辛いでしょう……レオンさん、今はお身体の具合はいかがですか？」

おばあさまが悲しそうなお顔で尋ねられる。

ちなみにおばあさまが他国の王子を「さん」付けで呼んでいるのは、レオンが敬称なしで気軽に話してほしいとお願いしたからだ。

「ご心配いただき、ありがとうございます。今、エミリアのご飯で元気になりました」

「それはよかったです。私も少し前に体調を崩して、食事がとれなくなりましたの。ご覧の通り私も歳ですので、もうそろそろかしら……なんて思っていたのですが、この子の料理で元気を取り戻せましたの」

「さすがエミリアの料理だ」

「そ、そんな……」

嬉しいけど、照れてしまう。

「ふふ、それにしても、エミリアがお友達を紹介してくれて嬉しいわ。いつでもお招きして構わないって言っているのに、この子ったら遠慮してなかなか連れてきてくれないのだもの。まあ、こんな田舎ですから、来ていただくのも難しいかもしれませんが」

おばあさま、遠慮してるわけじゃないのよ！　本当にこの世界に友達がいないだけなのよ！

王子の婚約者という立場上、周りの令嬢たちは、私を〝お友達〟としてではなく、〝次期王妃〟として見ていて、お世辞を言ったり、私を持ち上げるような話をしてくれることはあっても、本音で話してくれる人は一人もいなかった。

私のコミュ力が高ければ、次期王妃としての垣根を越えて、友人と呼べる人もできたのかもしれないけど、残念ながら能力はなかったわけで……ふふっ！　あはっ！　泣いてなんかいないわ！

晴れて婚約破棄したし、これからはこの世界でもお友達を作るのが目標の一つでもあるのだ。

「エミリアからはただの友人としか思われていませんが、僕は彼女が好きなので、友人ではなく、妻になってほしいんです」

「んぐっ！　ケホッ！」

「あらあら！　まあまあまあ！」

シチューを喉に詰まらせるところだった。

まだ、私にデュランタの永住権を持たせようとしてくれているのね。レオンったら、本当にお人好しだわ。いつか誰かに騙《だま》されないか心配だわ。

私は一応少し前に戦争したばかりの敵国の公爵令嬢よ？　レオンは何にも思わなくても、デニスさんはなんて話をしてるんだ！　って反応をしているんじゃないかしら。

チラリと横目でデニスさんを見ると、彼は「それはいい！」とでも言わんばかりの顔をして、うんうん頷《うなず》いていた。

ええっ!?　デュランタの人って、心が広すぎるんじゃないかしら……！

「エミリアに男として好きになってもらえるように、これから頑張っていきたいと思っています」

「ちょっ……ちょっと、レオン……」

本心じゃないってわかっているけれど、そんな風に言われたらドキドキしてしまうわ。

「私は大賛成です。レオンさん、応援いたしますわ」

「お、おばあさまっ!?」

「この子はご存じの通り、レオンさんに危害を加えたモラエナの第二王子の婚約者でした。そのため、努力と苦労の連続で……でも、レオンさんのような方なら、孫娘を安心して任せられますわ」

「ありがとうございます」

おばあさま、完全に勘違いしてしまったわ……。

「それに、この子がこんなにも楽しそうにしているのは初めて見ましたし」

「だって、嬉しいし、楽しいもの。またレオンに会えるなんて思っていなかったから」

いつ、どこで、レオンと会ったのかを突っ込まれたら困るから、それらしい話を考えて、レオンと口裏を合わせておかないといけないわね。

「そうか、エミリアが嬉しいと思ってくれていることが嬉しい」

レオンが微笑むと眩《まぶ》しい。

ああ、この世界のレオンも本当にイケメンだわ……!

「それにしても、明日でお別れなんて残念ですわ。エミリアのこんなにも明るい顔は、初めて見ましたもの」

「ええ、今回の件に犯罪性はなかったと、父上に報告しなければなりませんから……僕もできればもう少し滞在させていただきたかったです」

「ふふっ……それにしても、エミリアのおかげでレストランが繁盛して、それが反乱因子と間違えられるなんて……ふふふっ……ごめんなさい。笑いごとじゃないのですが……まさか……うふふ」

おばあさまが口元を押さえ、楽しそうに笑う。

「あまりに人が集まっていたので、何事かと思いまして」

「そうですわよね。こんな変哲もない田舎にいきなり人が集まれば、そうお思いになってもおかしくございませんわ」

私の大切な人たちが集まって、お話ししてる。

何かしら。この幸せな空間は……！

◆◇◆

夕食を終えた後に入浴を済ませた私は、ベッドに入らず再びキッチンに来てお菓子作りに励んでいた。

「できたわ」

アップルパイの完成！

ナイフで切り分けると、サクッといい音がする。

うふふ、この音大好きっ！

モラエナ産の酸っぱいりんごはバターで炒《いた》めて、蜂蜜で甘く煮詰めてある。

サクサクのパイとりんごの甘煮の組み合わせって本当に最高！　誰が考えたんだろう。天才だわ！

ちなみにシナモンは入れていない。理由は単純、私が苦手だからだ。

アップルパイと紅茶を二人分持って、レオンが使っているゲストルームへ向かう。

色々話したいことがあったのに、さっきは幸せすぎて、胸がいっぱいになってしまって、全然話せなかった。

これでお茶をしながら話すのよ。だって、明日でしばらくお別れだもの。

屋敷の中は静まり返り、アップルパイと紅茶を載せたカートの音がやけに大きく聞こえる。

みんなもう眠ったのかしら？　そうよね。もう、こんな時間だもの。普段なら私もとっくに眠っている時間だわ。

普段……。

ジャック王子の婚約者だったときは、もっと起きて勉強していたのよね。

奴と本当に結婚していたら、今度は政務に追われて（自分の仕事の他にジャックの分の仕事を押し付けられるに決まってるもの）また寝不足だったに違いない。

カタリーナの術中にはまったのは悔しいけど、刺されてよかった！　眠っていてよかった！

こうして目覚められてよかった～……！

ゲストルームの前まで辿り着いたところで、ハッと我に返る。

この時間、みんな寝てる！　レオンだって寝てるでしょ！　しかも、長旅で疲れてるんだもの！　絶対寝てるわ！　寝るっていうか、もはや気絶に近いでしょう！

どうしてこのタイミングで気付くのかしら！　完全に友達と再会できたことで舞い上がって、脳が働いてなかったわ。

でも、ノックする前でよかった。

戻ろうとしたら、扉が開いた。

「あっ」

レオンがキョトンと目を丸くする。

「エミリア、どうしたんだ？」

「ごめんなさい。カートの音で起こしちゃった？」

「いや、寝てなかったから、大丈夫だ」

本当？　私に気を遣って嘘を吐いているんじゃない？

レオンの顔を見ると、確かに寝起き……という顔ではなかった。

よかった。本当に起きていたのね。

「あのね、アップルパイを焼いたの。よかったら、これからお茶をしない？　あっ！　でも、もう寝るのなら断ってね」

「いや、寝ないから大丈夫だ。お茶をしよう」

よかったわ！

「入ってもいい？」

「どうぞ」

私が持ってきたカートをレオンが代わりに運んでくれる。テーブルの上にアップルパイを並べて、ティーポットからカップにお茶を注ぐ。

「いい香りだな」

「とっておきの茶葉よ。さあ、どうぞ。あ、アップルパイは焼き立てで熱いから、気をつけて食べてね。表面はちょうどいい温度だけど、中はまだかなり熱いと思うわ」

「わかった。いただきます」

美味しいって思ってもらえるかしら……。

ドキドキしながら、アップルパイを口に運ぶレオンを見守る。

「……ん、美味しい」

「よかったわっ！」

「アップルパイって独特の香りがあって苦手だったけど、エミリアのアップルパイはそんな香りがしなくて、すごく美味しい」

「あ、シナモン？　私も苦手だから入れていないのよ」

「そうだったんだ。一緒だな」

「ふふ、お揃いね。手作りすると自分の好みの味に寄せられるからいいのよね」

さてさて、どんなお味かしら。

りんごの甘露煮は味見したけど、アップルパイにしてからは味見してないのよね。

私もアップルパイを口に運んでみた。

うん！　うんうん！　パイはサクッとして、りんごの甘露煮はシャクッ！　とした歯ごたえが残っていて、噛むとジュワッとりんごと蜂蜜の甘みが口いっぱいに広がる。

我ながら、美味しくできているわ！

「エミリアは、いつもこんな時間まで起きているのか？」

「まさか！　ジャック王子の婚約者だったときは、朝まで勉強していたものだけど、今は日付を超える前に寝ることが多いわ」

「健康的でいいな」

「ええ、レオンは？　いつもこんな時間まで起きているの？」

「政務が立て込んでいるときは遅くまで起きていることもあるが、普段は寝ている時間だ」

「今日も政務が残っているの？」

他国に来てまで大変ね。食事も満足にとれていないみたいだし、身体を壊さないか心配だわ。

「いや、違う」

「そうなの？　あ、じゃあ、眠れないとか？」

枕が変わると眠れない人もいるっていうわよね。レオンもそういうタイプなのかしら。

「ああ、まさか再会できると思っていなかったエミリアが、同じ屋敷内にいると思ったら舞い上がって眠れなかった。起きていたら、また話せるチャンスがあるんじゃないかって思って……」

枕じゃなかった！　嘘！　レオンもそう思ってくれていたなんて！

「私もなの！　夕食のときは胸がいっぱいになってしまって少ししかお話しできなかったから、夜に少しお話ができないかしら？　と思って、アップルパイを作ってきたの。でも、部屋の前で冷静になったのよ。あ、もう、普通は寝てる時間だわって」

「期待して、起きていてよかった」

「ふふ、でも、ノックする前に出てきたから驚いたわ。カートの音、そんなに大きかった？」

だとしたら、ここに来るまで眠っている誰かを起こしてしまったかもしれないわ。

「いや、この身体は耳がいいみたいで、よく聞こえるんだ」

「そうなの？　すごいわね」

「ああ、おかげで、暗殺者が近づいてきたとしてもすぐに気付いて、対処することができるから便利なんだ」

「ふふっ！　やだ、もう、暗殺なんてあるわけが……」

あったわ！　現にジャック王子に毒殺されそうになっていたじゃない！

レオンと再会して、舞い上がっていたからかしら。今が前世みたいに、平和な世界なような気がしてしまったわ。

普通に物騒なのよね。私も背中を刺されたわけだし。

「レオンも大変なのね」

「大丈夫だ。一度に十人ぐらいなら倒す自信はある」

「え！　すごい！　強いのね。武器を使って？　それとも素手で？」

「剣を使ってだ。素手だったとしても、途中で相手から武器を奪えばいいから大丈夫だ」

「うわー！　すごい！」

レオンが少し気恥ずかしそうに笑い、アップルパイをもう一口食べる。

「……まあ、剣や武術ができても、毒殺されそうになったが」

「和平交渉の場だもの。温情をかけてあげた敵国の王子に毒を盛られるなんて、思ってもみないでしょう」

ジャック王子がクズなのがいけないのよ。

「いや、可能性としてはなくはなかった。今後はもっと警戒する」

「ええ……ジャック王子みたいな最低な人間が、他にもいるかもしれないものね」

私も護身術として、剣を習ってみようかしら。包丁の扱いなら得意だし、剣もいけそうな気がするわ。

「だから、エミリアがデュランタに来たときには、しっかり守るから心配しないでくれ」

「ありがとう。いつになるかわからないけれど、遊びに行ける日が来るのが楽しみ！」

レオンがフォークを置いて、テーブルにあった私の手を握る。

「レオン？」

「明日、俺と一緒にデュランタへ行かないか？」

「えっ！　あ、明日!?」

「本当なら後日……というところなんだろうけど、前世の体験で明日なんて必ず来るとは限らないって、当たり前のことに気付いた。だから、自分の気持ちを先延ばしにしないって決めているんだ」

「レオン……」

そうよね。私も明日が当たり前に来ると思っていた。でも、前世では私もレオンもあっけなく命を落とし、今世でも危ないところだった。

明日が来るということは、当たり前じゃない。奇跡みたいなことなのだ。

「ちなみにマダム・クローデットからは、許可は貰っている」

「いつの間に！」

もしかして、私がアップルパイを作ってる間？

「マダム・クローデットは、エミリアはずっと我慢と苦労をしてきた子だから、自分の気持ちのままに生きてほしい。だから、エミリアが行きたいと言うのなら、連れていってあげてと仰っていた」

「おばあさま……」

おばあさまの優しさが嬉しくて、温かくて、涙が出そうになる。

「俺はエミリアともう離れたくない。エミリア、明日デュランタへ一緒に来てくれ」

「私ももっとレオンと一緒にいたいし、デュランタにも行ってみたいと思ってるわ」

「じゃあ……」

「ごめんなさい。私、おばあさまをお一人にするのは心配なの。さっきおばあさまが言っていたけど、半年前に食事がとれなくなるぐらい衰弱していたのよ。だから、お傍を離れるのは不安なの……」

「マダム・クローデットは、エミリアのことをお見通しなんだな」

「どういうこと？」

そういうとレオンは私に手紙を渡してくれた。それはおばあさまからの手紙で、私の気持ちを優先してほしいという気持ちが綴《つづ》られていた。

「エミリアが自分の心配をして迷っているようなら、自分のことは気にしないで行ってきてほしい。エミリアが我慢しているのを見るのは辛い。エミリアが自分のしたいようにして、楽しく過ごしていることが嬉しくて、元気になれると仰っていたよ」

生まれたときからジャック王子の婚約者になると決められていた私は、両親の愛情に恵まれなかった。

兄には嫌われ、唯一私を好いてくれていたカタリーナも私のことなど好きじゃなかった。でも、おばあさまがそれらを上回るほどの愛をくださったから、私はこうして笑っていられる。

私は思わず、おばあさまからの手紙を抱きしめた。

「私、レオンと一緒にデュランタへ行ってみたいわ。そして、デュランタでお土産を買って、デュランタはとても楽しかったって、おばあさまにお伝えしたい」

私の答えを聞いて、レオンはとても嬉しそうな顔をしてくれた。

「楽しかったって、まだ行ってないのに？」

「レオンと一緒なんだもの。楽しくないはずがないわ」

「……っ」

レオンが口元を押さえて、明後日《あさって》の方向を向く。

「あ、やっぱりアップルパイで火傷しちゃった？」

「い、いや、そういうのじゃない」

じゃあ、どういうのなのかしら。

「実はモラエナには、デニスの他に侍医と神官も一緒に連れてきている。二人とも素晴らしい力の持ち主だ」

「そうだったの？　知らなかったわ。お二人は宿に？　知っていたらお二人もお招きしていたのに……気が利かなくてごめんなさい」

大国の第二王子が、たった二人だけで旅をするはずがなかったわよね。もっと気を回せばよかった。

「すまない。そういう意味じゃないんだ。マダム・クローデットはああ仰ってくれたが、エミリアは心配なんじゃないかと思って、エミリアの代わりに二人を置いて、マダムの体調を看てもらうのはどうだ？」

「えっ！　いいの？」

「ああ」

「レオン、何から何までありがとう……！」

感情が高ぶって、私の手を摑んでいたレオンの手を両手でギュッと摑んだ。

「……っ……あ、ああ」

少し前まで自由が全くなかったのに、まさか旅行までできるようになるなんて、人生何が起こるかわからないものね。

「そうだわ。私の侍女も連れていっていい？」

「もちろんだ」

マリーが行きたいって言ってくれたらだけど、きっと彼女なら一緒に来るって言ってくれそうな気がする。

ああ、楽しみだわ……！

「デュランタの人たちは、モラエナ人が訪ねても嫌な気分にならない？」

「心配しなくて大丈夫だ」

お喋《しゃべ》りに花が咲き、かなり深い時間になってしまった。興奮して眠気が吹き飛んだわ！と思っていたけれど、身体は正直だ。あくびが出てしまう。

「名残惜しいが、そろそろ休もうか」

「そうね。明日も、明後日も一緒だものね」

「あ、ああ、そうだな」

レオンが口元を隠す。

レオンもあくびが出たのね。私に付き合わせちゃって申し訳ないわ。でも、付き合ってくれて優しい人！

「じゃあ、おやすみなさい」

「ああ、おやすみ」

片付けを終えてベッドに入ると、あっという間に私は夢の世界へ旅立った。

夢を見た気がする。

内容は覚えていない。でも、とても幸せな夢だった気がする。

◆◇◆

翌日のお昼、私はマリーを連れて、レオンと共に屋敷を出発する準備を整えた。

「な、何とか間に合いました……」

「慌ただしくてごめんなさい」

今朝、マリーにデュランタに行くことを伝えた。私の予想通り、マリーは一緒に付いていくと言ってくれて、すごく……すごく嬉しかった！

でも、こんな短時間で荷物をまとめるのは、ものすごく大変だったみたい。

私の荷物はある程度まとめておいたのだけど、これではいけないと駄目出しを食らい、マリーが全部一からやり直した。

私が用意した荷物は必要最低限のもので、トランク一つ分だった。でも、マリーがまとめ直したら五つになった。

持っていきすぎじゃないかしらと言ったら、貴族の令嬢なのだからこれぐらいは必要どころか足りないぐらいだと言われた。ちなみに中身のほとんどは、ドレスや装飾品だ。

荷物を馬車に詰め込み、玄関まで見送りに来てくださったおばあさまに出発の挨拶をする。

「レオンさん、孫娘を頼みます」

「はい、マダム・クローデット、彼女は命に代えても僕が守ります」

「おばあさま、行ってきます。お身体には十分気をつけてくださいね。お料理のレシピはドニに渡してありますから、同じ味が楽しめます」

「ありがとう。私のことは気にせず、楽しんでいらっしゃい。……ああ、そうだわ。忘れてしまうところだったわ。これを渡しておかないと。はい、これ」

おばあさまが手渡してくれたのは、私が幼い頃にお気に入りだった白いリボンだった。金色の糸で薔薇の刺繍が入っているもので、お父様が旅先で買ってきてくれたものだ。ちなみにカタリーナとお揃い。

当時はとても大切にしていたのよね。いつも厳しいお父様がお土産をくれたのも、カタリーナとお揃いなのも嬉しかったっけ。

「このリボン……懐かしいわ。見つけてくださったんですね」

おばあさまの屋敷に滞在していたときになくして、たくさん探したのに見つからなかったものだ。

「いいえ、実はこのリボンを見つけたのは、ハンスよ」

「えっ！　ハンスお兄様が？」

偶然見つけてくれたのかしら。あんなに探してもなかったのに、どこにあったんだろう。

それにしても、よく私のリボンだってわかったわね。

「ええ、あなたがなくしたって悲しんでいたから、遅くまで一生懸命探していたわ」

「お、お兄様が？」

私を嫌いなハンスお兄様が、私に全く興味のないハンスお兄様が、私のために探してくれた？

嘘……信じられないわ。いえ、おばあさまが嘘を吐くはずがないのだけど。

「ふふ、そうよ。あの子ったら、自分が見つけたと言うのは恥ずかしいから、私が見つけたってことにしてあなたに渡してほしいってこのリボンを預けたの。ごめんなさいね。あの後バタバタしていて、返すのを忘れてしまったの」

「そうだったのね。ありがとう」

「あの子、無事だといいけど……今頃、どうしているのかしら……」

「ええ……」

ハンスお兄様は、行方不明のまま……。

一体、今頃どうしているのかしら。無事でいてくださればいいのだけど……。

六食目 真夜中の背徳感が隠し味の海老と帆立のアヒージョ

sixth meal

デュランタへの道のりは、馬車で半日、さらに船で二日かかるそうだ。

王都からおばあさまの屋敷までは一人だったので、お尻の痛みを感じるたびに悲鳴を上げていたけれど、誰かが一緒となるとそうはいかない。

現在私は、気合いで声を我慢していた。

「エミリア、大丈夫か？」

「大丈夫……よっ……うぐっ……」

実は大丈夫じゃないのよ。ものすっごく辛い！

声に出さないけど、表情に出てしまっているみたいで、みんなが心配して声をかけてくれる。

「エミリアお嬢様、もう少しすれば整備された道に出るので、そこまでの辛抱ですよ」

「いや、しっかし揺れますね～」

みんなは私と違って、涼しい顔だ。

「み、みんなは、平気なの……？　痛くない？」

「ああ、俺は大丈夫だ」

「僕も平気ですよ」

「私も平気です。お嬢様」

「え、えぇ〜……」

どうして？　みんなのお尻は、鋼鉄なのかしら？　それとも私のお尻が軟弱なの？

みんなのお尻を羨んで数時間、ようやく整備された道に出て快適な乗り心地になった。

さっきは痛みで会話どころじゃなかったけれど、それがなくなると余裕が出てくる。

「デニスさんは、公爵家のご子息だったんですね」

「ええ、父上はまだまだ元気なので、跡を継ぐのはうんと先になりそうです」

「元気なのが一番ですよ。いつからレオンの側近なんですか？」

「十五歳からなので、もう五年になりますね。僕とレオン様は同じ歳で、実は幼馴染みなんですよ。なので幼いときからずっと一緒なんです」

「まあ、そうだったんですね」

私には幼馴染みといえる存在はいなかったから、羨ましいわ。

「はい、なので僕はレオン様の小さい頃からの色んな話を知っているので、何か気になることがあれば、いつでも聞いてください」

「えっ！　いいんですか？　色々お聞きしたいです」

「おい、本人を目の前にして、そういうやり取りはどうなんだ？　デニス、エミリアに変なことを言ったら承知しないからな」

「お任せください。側近としても、幼馴染みとしても、レオン様の恋が成就してほしいですからね。レオン様の株を上げる話をしますよ」

レオンは私にデュランタの永住権をくれようとしているだけなのに、勘違いされているわ！

レオン、いいの!?　ちゃんと否定して！

「ああ、よろしく頼むぞ。しっかり株を上げてくれ」

否定して――……！

「レ、レオン！」

「どうした？」

「どうしたじゃないでしょう！　私のこと好きだって勘違いされてるけど、いいの？　よくないでしょ？」

「勘違いじゃないから、構わない」

あっ！　好きじゃないって言ったら、デニスさんが結婚を止めると思っているのかしら。いいのよ！　むしろ止めてもらうべきなのよ！

いやいや、違うでしょう！

「マリーさんは……」

ああ、否定されないまま、次の話題に移ってしまいそう。

「マリーとお呼びください。レオン王子」

「じゃあ、マリーは、いつからエミリアの侍女に？」

移ってしまったわ……。

「エミリアお嬢様が十歳の頃からです」

「そんなに前からか。子供の頃のエミリアは、どんな子だったんだ？　愛らしかったんだろうな。まあ、今も愛らしいが」

「ちょっ……レオン……」

そんなことを言ったら、ますます誤解されてしまうわ！

「あ、エミリア、すまない。愛らしいだけじゃないな。可愛いし、とても綺麗だ」

いや！　そういうことじゃないのよ！

デニスさんが微笑ましいと言った様子で口元を綻ばせて、うんうん頷いている。

ああ、さらに誤解されているわ。

もう、下手に誤解を解こうとするのは、やめましょう。ますます誤解を生むことになるもの。きっと誤解を解くチャンスはあるわ。

「ええ、それは、もう！　モラエナ国……いえ、全世界で一番愛らしく、可愛らしい、天使のようなお嬢様でした。まあ、大人になった今も全世界一愛らしく、可愛らしく、天使のようなお嬢様ですが」

褒めてくれるのは嬉しいけれど、照れくさくて顔が熱い。

「素晴らしいのは、外見だけではございませんのよ。エミリアお嬢様はとても努力家で、お優しく、私はエミリアお嬢様が大好きなんです」

「マリー、ありがとう。私もマリーが大好き」

隣に座っているマリーの手をギュッと握る。マリーの手は、いつだってとても温かい。

「エミリアお嬢様……ああ、もっと早くからお仕えしたかったです」

「はい、ラクール公爵家と親交のある伯爵家に、二年ほどお仕えしておりました。私はそちらのお嬢様に酷く嫌われておりまして、正直地獄のような毎日を送っていたのですが……エミリアお嬢様が救ってくださったんです」

懐かしいわ。当時の光景を思い出すと、腸《はらわた》が煮えくり返りそうになる。

「はい、たまたまエミリアお嬢様のお母様のラクール夫人とエミリアお嬢様がお茶会にいらっしゃいまして、年頃が近いからとあちらのお嬢様とエミリアお嬢様が一緒に遊ばれることになったのです」

マリーが家に来てくれる前は、アレオン伯爵家にいた。その一人娘、クロエ……次期王妃の私にはペコペコしていたけれど、自分より目下と認識した者には、酷い扱いをする嫌な人だった。

あの日はマリーが用意してくれたお茶が不味いと言って、淹れたての熱いお茶をマリーにかけたのよ。

「エミリアお嬢様は私が酷い目に遭わされたところをご覧になって、クロエお嬢様を酷く叱りました。そして私をラクール公爵家に連れて帰ってくださったのです。エミリアお嬢様にお仕えできて、私はとても幸せです」

「私もマリーが傍にいてくれて幸せよ。子供の頃も、ずっと意識がなかったときも、今も、いつも助けてくれてありがとう」

「いいえ！　いいえ！　私の方こそありがとうございます……！」

マリーがいてくれなかったら、今頃どうなっていたかわからないわ。

マリーは私のことばかり優先して、自分のことはなおざりにしてしまう人だから、もっと自分を大切にして、幸せになってほしい。

「レオン王子、どうかエミリアお嬢様と結婚される際には、どうか私をエミリア様の侍女としてお傍に置いていただけませんか？」

「マ、マリー!?　何を言っているの！」

結婚しないわよ！　レオンの善意に付け込むわけにはいかないのよ！

「ああ、エミリアが望むのなら」

マリーは私の方へ、キラキラした目を向けてくる。

「私もマリーとずっと一緒にいたいわ」

「エミリアお嬢様～……っ！　嬉しいです。ずっとお傍に置いてくださいね」

「ええ、もちろんよ。涙を拭いて」

涙目になるマリーに、ハンカチを渡す。

「勿体なくて使えません！」

「ハンカチは使うものなのよ」

レオンと結婚はしない……と繋げたかったのに、マリーの涙を拭っているうちに馬車が停まって降りることになったので、否定できなかった。

うーん……みんな誤解してるみたいだけど、大丈夫かしら。まあ、また、ちゃんと訂正するチャンスがあるはずよね。

……ってさっきも同じこと思っていた気がするけど！

そんなこんなをしているうちに扉が開き、しょっぱくも懐かしい潮の香りがした。

わー！　海の香りだわ！　前世では何度か行ったことがあるけど、今世では初めて！　ワクワクしちゃうわ！

レオンが先に降りて、私に手を差し出してくれる。

「足元に気をつけて」

「レオン、ありがとう」

「どういたしまして」

馬車から降りるときは、いつもこうして誰かが手を貸してくれる。

でも、前世の記憶があるからかしらね。レオンにそうされると、なんだか少し気恥ずかしく感じてしまうわ。

目の前には、青い海が広がる。

「わあ！　なんて綺麗なの！」

曇り空なのが残念だわ。青空だったら、もっと海が綺麗に見えたはずなのに……。

モラエナ国の港町、ハルジオン――。

私が勉強していたときは、船から降りてくる旅行客の恩恵で、王都の次に栄えている町だと聞いていた。でも、今はかなり寂れているわね。

旅行客なんて全くいないし、町の人たちの表情は暗い。港にある漁船は手入れする資金がないのか、あちこちボロボロ……戦争のせいね。

ジャック王子は、この光景を見てどう思うのかしら。

「……」

……どうも思わないか。僕は悪くなーい！　負ける兵たちが悪いんだぁ！　なんて言いそう。

想像したら、腹が立ってきたわ。この海に沈めてやりたい。

「エミリア、俺たちが乗る船は……」

「あれでしょう？」

説明されなくてもわかった。

港に一隻だけ、とんでもなく大きくて、ものすごく立派な外装の船が停まっているもの。それに、デュランタの国旗も付いているしね。

「正解だ。さあ、乗ろう」

船に乗るのは、前世も含めて初めてだわ。どんな感じなのかしら？　楽しみ！

中に入ると、普通に屋敷の中みたいだった。船だっていうのが嘘みたい。動き始めたら揺れるだろうから、実感がわくのかしら？

私が案内された部屋は三階だった。

とても広く、壁には美しい絵画や繊細な彫刻に縁どられた鏡が飾られ、大きな寝心地のよさそうなベッド、ちょっとした食事やお茶ができそうなテーブルとイス、それに大きな鏡台が置いてある。

「わー！　素敵！　二日間も海を見て生活できるなんて贅沢ね」

「気に入ってもらえてよかった」

マリーは私の荷物を置くと、デニスさんと一緒に二階にある部屋へ向かった。マリーの部屋は、どんな感じかしら？　後で見せてもらおう。

「エミリア、俺の部屋も同じ階にあるんだ」

「あら！　そうなのね」

「何かあれば……何かなくても遠慮なく来てくれ。大歓迎だ」

「ふふ、ありがとう。……あ！　じゃあ、今日の夜に、こっそり行ってもいい？」

「よ、夜に、こっそり？」

「そうよ。こっそり」

なぜかレオンが動揺する。

あ、疲れているから、今日は休みたいのかしら？　そうよね。長旅だもの。疲れているはずだわ。

「ごめんなさい。疲れているもの、早く休みたいわよね。明日の方がいいかしら？」

「いやっ！　いや、今日で大丈夫だ。今日がいい。というか、その、毎日でも大丈夫だ」

あまりにも必死なものだから、思わず笑ってしまう。

「ふふ、毎日は身体に悪いわ。やっぱりお休みを作らないとね」

「…………確かに、毎日……というのは、身体に悪いかもしれないな」

レオンったら、鋭いわね。まだ何も言っていないのに、私が部屋に訪ねていく理由がわかっているみたいだわ。

「マリーには内緒よ？　もう私は子供じゃないのに、きっと子供扱いして怒るだろうから」

「あ、ああ、わかった。もちろんだ」

あら？　どうしたのかしら。レオンの顔が赤い？

「レオン、なんだか顔が赤くない？　熱でもあるのかしら。大丈夫？」

額に触れて確かめたいけれど、背が高くて届かない。

「いや、大丈夫だ。これはちょっと……アレだ」

「アレ？」

「そう、アレだ。アレがアレで、アレなだけだ」

アレって、何かしら。今日のレオンは、ちょっと変だわ。

「体調が悪いわけじゃないってことかしら？」

「ああ、元気だ。ものすごくな」

「よかった。お酒は元気なときじゃないと駄目だものね！」

「……………酒？」

「ええ、実はね、おばあさまからワインをいただいたの。一緒に飲みましょう」

「あ……なるほど？　……ああ、そうか、酒か、酒……」

「そうよ。お酒を飲むなら、すぐ眠れるように夜寝る前がいいかな？　と思って！　前世ではお酒を飲める歳になる前に死んでしまったから、憧れてたのよね」

「そうか、なるほど、なるほど、酒か」

「……あら？　考えていたことと違った？」

「い、いや！　酒だ。酒だと思っていた。楽しみだ。そんな貴重なもの、いただいていいのか？」

　実は全大陸では十年ほど前から禁酒令が実施されていて、輸入するには莫大《ばくだい》な酒税がかかるので、お酒はとても貴重なものだった。

　なぜ禁酒令が出されているかというと、各国お酒による犯罪や健康被害が急増したことを受け、国際会議で決まったからだ。

　今では特別な行事や儀式のときしか、お酒を飲むことはできない。

「ええ、おばあさまがレオンと一緒にどうぞって。せっかくだから、何かおつまみも作りたいのだけど……」

「キッチンと食材を自由に使えるように伝えておく」

「ありがとう！　あ、そろそろお昼よね。レオンは外の食事は駄目だけど、船の中の食事でなら食べられるの？」

「ああ、一応は」

「一応？」

「外では全く食べられなくて、自分の城が雇ってる者が作ったものなら、毒に反応する銀食器を使って必要最低限だけ食べられる感じだな」

　思ったより症状は深刻だったわ……！

「心配しなくて大丈夫だ。作ったものは食べられないが、素材そのものは食べられる。腹が減ったときには、よくりんごを丸かじりにしている」

食事は元気の源で、楽しみでもあるのに、それをあのクズのせいで……。

なんとかレオンがまた苦痛を感じず、食事を口にすることができるといいのだけど……。

「私の作ったものなら大丈夫……なのよね？」

「ああ、大丈夫だ。いつもは腹が空くと食事をしないといけないのかって憂鬱になるんだが、エミリアの食事があると思うと楽しみで仕方がない」

私のことを信頼してくれて嬉しい。

「じゃあ、一緒にいる間は、私が作るわね」

「嬉しいが、負担にならないか？」

「ええ、料理が大好きだから大丈夫よ。それにデュランタの食材を使えるのも楽しみだし」

「そうか。じゃあ、よろしく頼む」

「任せて」

でも、いつまでも一緒にいられるわけじゃないから、私がいなくてもレオンが食事をとれる方法を考えなくちゃいけないわね。

◆◇◆

夜、入浴を終えた私は、キッチンを借りておつまみを作った。

モラエナの港から仕入れた新鮮な海老と帆立があったので、海老と帆立とブラウンマッシュルームで、アヒージョを作った。

お鍋にオリーブオイル、にんにく、輪切りにした赤唐辛子とアンチョビを少々入れて火にかけ、にんにくの香りがしてきたら海老と帆立とブラウンマッシュルームを投入！　最後に塩で味を整えて完成！

お昼に焼いておいたフランスパンをスライスして添えた。たっぷりと旨味《うまみ》が出た油に付けて食べると、絶品なのよね～……！

おばあちゃんと暮らしていた街は海から遠く、海産物が手に入る機会はほとんどなかった。でも前世からお魚や海老が好きだったから食べたかったのよね～！

現在、二十三時――この時間に食べるという背徳感がスパイスになって、さらに美味しく感じるはずだわ。

それにしても、さすがデュランタ国の船、キッチンには魔道製品がしっかり揃っていて、氷もたっぷり用意されている。

冷やしておいたワインを取り出して、グラスを用意して……。

「エミリア」

振り返ると、レオンが立っていた。

「レオン、ごめんなさい。遅かった？」

「いや、そろそろ用意してくれてるんじゃないかと思って、手伝いに来たんだが……遅かったみたいだな」

「ありがとう。遅くなんてないわ。運ぶのを手伝ってくれる？」

「ああ、任せてくれ」

カートに全てを載せて、レオンに部屋まで運んでもらう。

「ねえ、せっかくだからバルコニーで飲まない？　海を見ながらお酒なんて素敵だと思うの」

「そう言うんじゃないかと思って、バルコニーにテーブルとイスを用意しておいた」

「ええっ！　本当？　すごいわ。どうしてわかったの？」

「エミリアのことをよく見ているからだ」

「ありがとう」

「……はあ」

「え？　どうしたの？　ため息なんて吐いて」

「……いや、なんでもない」

夜の海はとても静か。

モラエナの海域を過ぎたから雲はなくなり、大きな月と星が見えていた。真っ暗な海に反射して、とても幻想的な光景だ。

なんて素敵なのかしら……。

バルコニーのテーブルに料理とグラスを並べ、レオンと向かい合わせに座る。グラスにワインを注いで、その前で手を合わせる。

「おじいさま、いただきます」

「おじいさま？　マダム・クローデットからいただいたものじゃなかったのか？」

「ええ、このワインはね。亡くなったおじいさまが、おばあさまと一緒に飲もうと思って、禁酒令が出る前に購入したものなんですって。でも、その後すぐにおじいさまが病気になってしまって……治ったら記念に飲もうって大切にしていたらしいのだけど、亡くなってしまったから飲めずにいたそうなの」

「そうだったのか……」

「ええ、でも、いつまでも取っておいて飲まないのは、このワインに失礼だから、私たちに飲んでほしいって。はい、どうぞ」

レオンにグラスを渡すと、彼も手を合わせた。

「エミリアのおじいさん、いただきます」

「ありがとう。おじいさまも喜んでいると思うわ。ねえ、レオンはお酒には強いの？」

「強い方だと思う。エミリアは？」

「実は今日飲むのが初めてなの」

モラエナ国は、十五歳が成人年齢だ。でも、お酒を飲むような機会がなかったから、今日が本当に初めて。

「初めての酒を一緒に飲めるなんて光栄だ」

「ふふ、私も初めてを一緒にしてくれるのが、レオンなんて嬉しいわ」

「……その言い方は、その、ズルい……」

「え？　何か変だった？」

「い、いや、なんでもない。俺も嬉しい」

どういうことかしら？

「えーっと……」

「それよりも、この料理は前世でも見たことがあるな。なんて名前だったたか……」

「アヒージョよ」

「あ、そうだ。聞いたことがある」

「オリーブオイルとにんにくで煮込んだ料理でね。今日は海老と帆立とブラウンマッシュルームで作ったの。他の具材でも美味しいのよ」

「へえ、美味しそうだ。パンと一緒に食べればいいのか？」

「そうよ。具材をそのまま食べてもいいし、パンに載せても美味しいし、具材の旨味をたっぷり吸ったオイルをたっぷり付けて食べるのも美味しいのよ」

前世で作ったときは、おじいちゃんがお酒に合う！　って絶賛していたから、私も大人になったら絶対アヒージョと一緒にお酒を楽しみたいって思っていたのよね。夢が叶ったわ。

「乾杯しましょうか」

「そうだな。あ、初めてなら少しずつ飲んだ方がいい。体質的に合わなくて、具合が悪くなる場合もあるから」

「わかったわ。じゃあ、乾杯」

「乾杯」

グラスを合わせて、ドキドキしながら一口飲んでみる。

「あ、美味しいわ」

濃厚な葡萄《ぶどう》の味がする。少し渋さもあるけど、すぐに甘さが追いかけてきてくれる。渋さと甘さの割合が絶妙で、すごく美味しい！

そして、なぜか悪いことをしているという気がして（前世ではお酒は二十歳からだったものね）ワクワクする。

「うん、すごく美味い。今まで飲んだ酒の中で一番美味い」

「アヒージョも食べてみて。かなり熱いから気をつけてね」

「ああ、いただく」

レオンは帆立をフォークで刺し、フゥフゥ息をかけて冷ます。

カッコいいのに、その仕草が可愛くて思わず笑ってしまう。

「どうした？」

「ううん、なんでもない」

レオンは不思議そうにしながらも、帆立を口に運ぶ。

「……ん！　すごく美味い」

「よかった」

私は海老を選んで、ほどほどに冷ましてから口に運んだ。実は、火傷しそうなぐらい熱々のものを食べるのが大好きなのよね。

「んんっ」

うーん、プリプリしていて美味しい！　海老ってどうしてこんなに美味しいんだろう。にんにくの香りと合わさると、もう最高〜……！

あっ！　お酒、そうだ。お酒と一緒に……。

海老を呑み込んだ後に、お酒を一口飲んでみる。

うわっ！　美味しい！　何これ……すっごく合う！　前世のおじいちゃんの言ってることが、ようやくわかったわ。

「美味しいっ！　お酒によく合うわ」

「ああ、最高だな」

後ろから風が吹いて、ふわりと髪が揺れる。髪と混じって白いものが見え、何かと思ったらリボンだった。

そういえば、料理をするときに邪魔だったから髪を結んだのだったわ。解いておかないと、跡がついちゃうわね。

リボンを解いて、手櫛で髪を整える。

髪を結んでいたのは、ハンスお兄様が探してくれたリボンだ。

今頃ハンスお兄様は、どうしているのかしら……。

「そのリボン、お兄さんが探してくれたものか？」

「ええ、そうなの。ハンスお兄様には嫌われていたと思っていたから、探してくれていたなんて思わなかったわ」

「そういえば、妹の話は教えてもらったが、お兄さんの話は聞いていなかったな。よかったら、教えてくれるか？」

「もちろんよ。ハンスお兄様は私より三歳上だから、今は二十一歳かしらね」

「俺より一つ上か。そしてエミリアは十八歳だったのか」

「レオンは二十歳だったのね。そういえば、お互い歳を言っていなかったわね」

「だな。再会できた奇跡に驚いて、他にも色々省いてしまっていそうだな」

「ふふ、そうね」

レオンとは頻繁には会えなくても、手紙のやり取りはできるはずよね。長い付き合いになるだろうし、きっとどんどんお互いのことを知ることができるはず。

それが嬉しくて、くすぐったくて、あったかくて、幸せな気分になる。

胸の中がポカポカするわ。

「それで、どうして嫌われていたと思っていたんだ？　何か酷いことを言われたのか？」

「ううん、でも、態度がね。あ、嫌われてるわ〜って感じるようなものだったのよ」

「例えば？」

「目も合わせてくれないし、話しかけても素っ気なくて、必要最低限しか話してくれないのよ。その日の機嫌が悪いとかじゃなくて、ずーっとよ。そんなことが続いていたら、嫌われていると思うじゃない？」

「そうだな。俺がエミリアでもそう思う」

「でしょう？　だから私のためにリボンを探してくれたって聞いて驚いたわ。……もしかして、不器用な人だったのかしら。自分の感情を表現するのが下手な人だったのかもしれないわ」

これは想像でしかないけれど、私が知らないところで、こういうこともあったのかもしれない。

「ハンスお兄様はね、実は養子なの」

「そうだったのか？」

「ええ、うちには後継ぎとなる男の子が生まれなかったから、養子に来てもらったの。だから、正確には従兄なのよ。本当の家族じゃないから、感情を素直に出せなかったのかもしれないわ。血の繋がっている本当の家族にだって、感情を出すのは勇気がいることだもの」

　特に難しい年頃だったしね……。

　もし三年間寝たきりじゃなく普通に過ごせていたのなら、お互い大人になったことで兄妹として良い関係を築けていたのかもしれない。

「お兄さんは今、どこに？」

「……モラエナとデュランタの戦争に行って、行方がわからなくなっているの……生きているのか、死んでいるのかもわからないわ」

「そうだったのか……国に帰ったら、調べてみよう。もしかしたら捕虜になっているのかもしれない」

「捕虜になっていたら、こちらに連絡が来ていないかしら？」

「貴族なら家名に傷をつけたくないと、身分を隠して平民のふりをしている可能性もある」

「……あ、そっか……そうよね」

　希望が見えてきた。

「ずっと胸に何かがつかえているみたいだったから、気持ちが楽になったわ。レオン、ありがとう」

さっきよりお酒もアヒージョも美味しく感じる。

レオンがパンを一つ手に取り、オイルに浸して齧《かじ》る。

「ん、オイルに浸したパン、すごく美味い」

「美味しいわよね。残ったオイルでパスタを作っても美味しいのよ」

「それは美味そうだ」

「今日はそこまでオイルが残らなそうだから、今度多めに残ったときに作ってあげるわね」

「ああ、楽しみにしてる」

風が気持ちいい。

「海の匂いって、不思議ね。嗅いでいると落ち着くし、なんだか懐かしく感じるわ。私たちの住んでいた町は海から遠かったのにね」

「そうだな。俺も落ち着くし、懐かしく感じる。人間の祖先は海にいたらしいから、血が懐かしんでいるのかもしれないな」

「なるほど……」

レオンと一緒にいると心地いいのは、前世の血がそう思わせているのかしら。……血？　うん、記憶っていうのかしら。ああ、難しいことが考えられなくなってきた。それになんだか、身体がポカポカして温かいわ。

「エミリア、眠いか？　少し顔が赤くなってきてる。酒が回ってきていないか？」

「ううん……あ……うん？　眠いかも、しれない……わ？」

そっか……このポカポカは、お酒に酔ってきているからなのね。

「お酒っていいものなのね。美味しいし、心地いいし、とっても気分がよくなるわ」

もう一口飲んだところで、グラスの中のお酒がなくなった。もう一杯注ごうとしたら、レオンが注いでくれる。

「それはよかった……が、あまり他の男の前では、飲んでほしくないな」

「え、どうして？」

「酒を飲んだエミリアは、いつも以上に可愛いからだ。他の男に見せたくない」

お酒のせいで、男性と大変なことになってしまった……という話は、前世でも今世でも聞いたことがある。

「心配してくれて、ありがとう。でも、とんでもない失態を演じてしまうほど飲んだりしないから安心して」

「……ちっとも伝わってないみたいだから、安心できないのだが」

「うん？」

あれ？　私、意味を間違えてる？

そこまで酔っていないつもりだけど、自覚がないだけで、実は結構酔っているのかしら。

「レオン、部屋の中にあるお水を貰っていい？」

私が席を立つと、レオンも立ち上がる。

「俺が持ってくるから、座っていてくれ」

「ありがとう。でも、大丈夫よ」

レオンに目を合わせようと顔を上げたら、夜空が視界に飛び込んでくる。

ジャック王子の婚約者だったとき、行事のたびドレスに合わせて、ネックレスやイヤリング……と、アクセサリーを新調してきた。

でも、この満天の星は、あのときに見たどの宝石よりも美しい。

「なんて綺麗な夜空なのかしら……あっ」

星空に夢中になりすぎて、少しよろけてしまうとレオンが支えてくれる。

「ありがとう。レオン」

「綺麗だ」

「ええ、本当に」

レオンの金色の目が、私を真っ直ぐに見つめる。

なんて綺麗な目なのかしら……。

「この星空よりも、エミリアの方がずっと綺麗だ」

「……ふふっ」

思わず笑ってしまう。

「え、どうして笑うんだ？」

「だって、レオンったら、お酒に強いって言っていたのに、全然強くないんだもの。待っていて。今、レオンの分も水を持ってくるわ」

するとレオンが自分の額を押さえて、大きなため息を吐いた。

「え、どうしたの？　頭が痛いの？　大丈夫？」

「いや、違う。大丈夫だ。ただ、予想以上に手強《てごわ》いと思っているだけだ」

どうしましょう。言っている意味がわからないわ……！　レオン、相当酔っているのね！

「ま、待っていて。すぐ！　すぐだから！」

「いいから、エミリアは座っていてくれ」

「ええ？　でも……」

「いいから」

強引に座らされてしまった。酔っているのに、レオンがお水を取りに行く足取りは、しっかりしている。

一見、酔っているようには見えないのに、すごく酔っているのよね。レオンって、面白いわ。

「持ってきたぞ」

「ありがとう」

お酒で火照った喉に、水が流れていくのが心地いい。

「お酒、美味しかったわ。今度また手に入れる機会があったら、一緒に飲んでくれる？」

「ああ、もちろんだ」

「ありがとう。約束よ」

「約束だ」

小指を出すと、レオンがすぐに小指を絡めてくれる。この世界ではない約束の方法、でも、私たちにとっては馴染み深い方法だ。

また、楽しみが増えたわ。

刺された瞬間から失ったものがたくさんある。でも、得たものの方が多いし、私にとってはあの空に輝く星よりも輝いていた。

七食目　パリパリ海苔で包んだあったかおにぎり

seventh meal

船の中で快適な二日間を過ごし、とうとうデュランタ国に到着した。

船から降りてすぐ馬車に乗ったので、少しだけしか見ることができなかったけれど、港町は人で溢れ、とても賑《にぎ》わっていて、見ているだけでワクワクする。

「レオン、着いたら、なるべく早く国王様と王妃様に謁見させてもらえる？」

「今日は元々モラエナのことを報告するために時間をとってもらう予定だったから、着いたらすぐに謁見はできるが、疲れていないか？」

「大丈夫よ。敵国の人間が城の中にいるなんて落ち着かないはずでしょうし、危険な人間じゃないってことをお伝えするためにも、しっかりご挨拶しておきたいの」

「父と王妃は気にしないはずだが、気にかけてくれるのは嬉しい。ありがとう」

父と……『王妃』？　どうして母って呼ばないのかしら。

……あ、そっか。デュランタの亡くなった第一王子は王妃様の息子で、第二王子はご側室の子だったはず。だからお母様って呼ばなかったのね。

そしてご側室は、レオンが十歳ぐらいのときに亡くなっているはずだわ。

ジャック王子の妻となるために勉強した内容が、まさかレオンに関わることだったなんて……なんだか不思議な感じがする。

「じゃあ、着いたらすぐに準備するから、私も連れていってね」

「ああ、わかった」

「マリー、移動の後で疲れてるところ申し訳ないけど、謁見用に着替えさせ……」

「もちろんです。マリーにお任せください」

話している途中で元気よく返事をされたものだから、思わず笑ってしまう。

「ふふ、ありがとう。助かるわ」

「久しぶりにエミリアお嬢様を着飾ることができるのですね。腕が鳴ります！　ドレスは水色のを着ていただいて、宝石は……」

ものすごく張り切ってる……！

道路はどこもしっかり整備されていて、揺れも最低限でとても素晴らしい乗り心地だ。

王都には、港町から二時間で到着した。

デュランタ国城は、白を基調とした美しい城だった。

内側から淡く発光するような不思議な白で、デュランタ国の山からしか採れない貴重な石が使用されているそうだ。

デニスさんや船の人たちは、私がモラエナ国の人間であることを全く気にするどころか親切にしてくれていた。でも、城の人たちはどうだろう。

敵国の貴族令嬢、王子を殺そうとした人間の元婚約者……普通で考えると、歓迎されないわよね。

私は自分の意思で来たからいいとして、マリーにそんな思いをさせるのは、申し訳ないわ。ものすごく身構えていたのだけれど……。

「初めまして、エミリア・ラクールと申します。この度は入国のご許可、及びご挨拶の機会をいただき、ありがとうございます」

「そなたが、ラクール公爵家の令嬢か」

「え？」

モラエナの中では有名な家柄だけど、デュランタにまで届くような家柄ではないはずだけど……。

「ああ、いや、なんでもない。レディ・エミリア、デュランタへようこそ。私が国王であり、レオンの父のアヒム・リースフェルトだ。こちらは王妃のディアナだ。まあ、そんな硬くならず楽にしてくれ」

国王様と王妃様は、温かく歓迎してくださったし、謁見室に来るまでに会った人たちも、私に敵意のある視線や態度をとる人は誰もいなかった。

レオンに毒殺を図ろうとしたジャック王子への対応といい、デュランタの人たちは寛大すぎるわ……！

「初めまして。王妃のディアナ・リースフェルトです。まあまあ、なんて美しくて可愛らしい方なのかしら。ねえ、あなた、新婚旅行で見たあの絵画から飛び出したかのようじゃない？」

「ああ、あの色とりどりの花の中にいた女神の絵か？　ふむ、髪や目の色といい、顔立ちといい、確かに似ている気がする」

「それよ。ふふ、覚えていてくださったのね」

「私がお前との思い出を忘れるはずがないだろう」

「嬉しいわ。忘れているのではないかしら？　って、わざとどんな絵かは言わなかったのよ」

「夫を試すなんて、悪い女だ。でも、そういうところが愛《いと》しい」

ああっ……！　なんだかここだけすごく気温が高い気がするわ。

すごく仲がいいご夫婦なのね。素敵だわ。

国王様はレオンと同じ髪色で、年齢は確か四十代だったはず。王妃様が夢中になるのもわかるわ。麗しさに渋さが加わって、とても素敵だもの。レオンも歳をとったら、こんな感じになるのかしらね。

王妃様はとてもお美しくて、艶やかで真っ直ぐなブルネット色の髪に、青い瞳が印象的だった。同じく王妃様も四十代だったはずだけど、どう見ても二十代後半ぐらいにしか見えないわ！

「レディ・エミリア、モラエナでは不自由も多いだろう。普段感じている苦痛をどうかデュランタで癒やしていくといい。……と言っても、不自由にさせている原因である私が言うのは嫌味かもしれないな」

「いえ！　とんでもございません。我が国の王子が仕出かした愚かな行為に、寛大なご処置をいただいたこと、感謝しております。そして、温かいお言葉をありがとうございます。しばらくの間、どうかよろしくお願いいたします」

本当に心から感謝しているわ。だって、普通ならジャック王子を処刑どころか、国ごと滅ぼされてもおかしくないのだもの。

「父上、義母上、私からもお話があります」

レオンが前に出た。

今回の旅のことを報告するのね。

「モラエナの田舎町に反乱因子の疑いがあった件ですが、誤解でした。単にとある料理屋の料理が絶品で、人が集まっていただけです」

「ああ、そうか。それはよかった。その料理に何か人を惑わすような薬物などは、入っていなかっただろうな？」

「ええ、実際に食べて確認しましたが、一切入っていません」

そっか、そういう疑いもかけられていたのね。

レオンが振り返って、申し訳なさそうな顔をする。

気にしないで。あんなクズ王子の国だもの。色んな疑いをかけられてもおかしくないのよ。

「本当に美味しかったです。人気になる理由がわかります」

「あら？　レオン王子、お食事ができるようになったのですか？」

「いえ、まだ無理です」

「でも、美味しかったというのは……」

「実は、そのレストランで料理をしていたのが、エミリアだったのです。私はエミリアと旧知の仲で、彼女の料理だけは食べることができるので」

「ええっ！　レディ・エミリアは料理ができるのですか？」

「公爵令嬢が料理を作れるとは珍しい」

「はい、私は料理が大好きなのです。今、お話に出たレストランは祖母の知り合いが経営しておりまして、その縁で週に何度か私が手伝いに行っているのです」

料理は使用人の仕事だから、貴族がするなんて……という考えの人もいるわね。多分、私のお父様はそんな感じだと思うわ。国王様と王妃様は、どうかしら。

「はぁぁぁ……大したものだ。なあ？　ディアナ」

「ええ！　素晴らしい才能をお持ちなのね」

嫌な印象を持たれていないことに、ホッとする。

大事な友達のお父様とお義母様《かあさま》だもの。できるだけ好印象を持ってもらいたいわ。

「わたくしも、レディ・エミリアの作ったお料理をぜひ食べてみたいわ」

「ああ、それはいいな。ぜひ食べてみたい。今日の昼食はレディ・エミリアが作ってくれた料理を一緒に食べるというのは、どうだろう？」

「えっ」

耳を疑った。

国王様と王妃様が、私の料理を……食べたい⁉　毒殺しようとした国の王子の元婚約者なのに⁉

「エミリア、頼めるか？」

「で、でも……あの、私は、モラエナ国の人間で、ジャック王子の元婚約者です。料理に毒物を入れるなんて、神に誓っていたしません。ですが、普通に考えて、私が作ったものは、食べたくないと思う方が自然だと思うのです。それでも食べたいと思ってくださいますか？」

「ああ、食べたいと思う」

「食べたいわ」

国王様と王妃様は、間髪入れずに答えた。

「そなたは、エミリア・ラクールという一人の人間だ。モラエナ国の人間、そしてジャック王子の元婚約者という肩書きは関係ない」

「それに、警戒心の強いレオン王子のお友達なのだもの。安全だわ」

なんていい方たちなのかしら……ジャック王子にも、ほんの少しでいいから見習ってもらいたいものだわ。

「ありがとうございます」

「義母上、補足させていただきたいことが、それから父上にも許可をいただきたいことがございます」

レオン？　どうしたのかしら。

「どうした？　申してみよ」

「現在私とエミリアは友人関係ですが、私はエミリアを一人の女性として愛しています」

レオンが自分を犠牲にして、私に永住権をくれることを諦めていないとはわかっていたけれど、まさか、この場で言い出すとは思っていなかったから、「えっ」と声を上げてしまった。

「将来彼女と結婚して、妃に迎えたいと思っています。まずは婚約したいのですが、ご許可いただけますか？」

そんなの許可してもらえるわけないじゃない。私は敵国の人間なのよ!?　あ、でも、この場でキッパリ断ってくれた方が、レオンのためにはいいかもしれないわ。

国王様、キッパリ、ズッパリ、お願いします……っ！

「レオン、そなた、ちゃんと女性に興味があったのだな」

えっ!?

「いや、父上、どういう意味ですか」

「どんな女性を紹介しても乗り気じゃないし、他に女性の影があるわけでもないから、もしかしたら同性の方が好きなのではないかと思っていたんだ。なあ、ディアナ」

「ええ、孫を見ることができそうでよかったわ。レオンとレディ・エミリアの子供なら美しいでしょうね。楽しみだわ」

孫っ!?　子供っ!?

「では、ご許可いただけるということですね？」

「ああ、もちろんだ。婚約式の準備を進めていこう」

「まあ、なんて素敵なのかしら！　とっても楽しみだわ」

え、えぇええぇ〜〜!?

「レ、レオン、あのっ！」

目が合うと、レオンはニコッと笑う。

ニコッ！　じゃなくてーっ！

「もうすぐ昼食の時間ですね。話がまとまったところで、エミリアには料理を作ってもらいます」

「レオン！　ま、待って、あの……」

「大丈夫だ。俺も手伝う」

「そうじゃなくて……っ……ちょ、ちょっと……っ」

「それでは、父上、義母上、一度失礼いたします」

「ああ、楽しみにしているぞ」

「また、後でね」

ああっ……！　訂正するタイミングを失ったわ……！

◆◇◆

デュランタ国城のキッチンで、私はレオンと一緒に国王夫妻にお出しする食事作りに取りかかっていた。

キッチンの隣にある食糧庫にはたくさんの異国の食材が揃っていて、そこには懐かしのお米、味噌《みそ》、梅干し、デュランタには海があるからか、海苔までもある。

これはもう、アレを作るしかないじゃない!?

まずは鍋でお米を炊いて、具材を用意する。そう、メニューはもちろん、おにぎり！

「もう……っ！　レオンったら、なんであんなこと言っちゃったの？」

周りに人がいるので、小さな声で抗議する。

「あんなことって？」

「婚約のことよ。このままだと、私たち本当に婚約する流れになってしまうわよ!?」

まさか、全く反対されないなんて思わなかったわ！

「いいじゃないか」

「駄目に決まっているでしょう？」

「でも、俺と婚約しておいた方がいいと思うぞ」

「どうして？」

「ジャック王子と婚約破棄しても、エミリアが公爵令嬢ということには変わりないのだから、いつかは別の男と婚約させられるかもしれないだろう？」

「え、ええ……まあ」

お父様が黙ってそっとしておいてくれるはずがないものね。

「その男が変な男とも限らないじゃないか」

「う……」

王子の元婚約者だから、まともな家からは敬遠されるでしょうね。貰ってもらえるとしたら……そこそこ問題がある家の後妻とか、第二夫人とか？

……そう、そうなのよね。考えたら暗くなるから、なるべく考えないようにしていたのよ。

「俺と婚約しておけば、他の男とは結婚させられないぞ」

た、確かに……。

それにレオンのことは、おばあさまも賛成してくださっていて、レオンもおばあさまを気にかけてくれてる。私にとってレオンは、友達だけじゃなくて、結婚相手としてもバッチリなのよね。

でも――。

「でも、友達を利用している感じがして嫌だわ」

「俺は大歓迎だ」

「また、そんなこと言って……」

「今の生活が気に入っているんだろう？」

レオンの問いかけに、私は頷いた。

お父様やジャック王子の機嫌を気にせず、こうして料理をしたり、旅行をしたりといった自由な生活を手放したくない。

「じゃあ、俺と婚約しよう」

「そんなこと言って、レオンにもし好きな人ができたらどうするの？　私と婚約していたら、相手に誤解されてしまうわよ」

「エミリアが好きだから大丈夫だ」

「また、そんなこと言ってはぐらかすんだから……あ、レオン、出汁《だし》をとりたいから、お鍋にお水と昆布を入れて火にかけてくれる？　沸騰する前に火を止めて、昆布を取り出してね」

「わかった。はあ……本当に鈍いし、手強いな」

「大丈夫、難しくないわ。昆布に泡が付き始めるのが沸騰する前の合図よ」

「そういうことじゃないんだが……」

「昆布を取り出したら沸騰させて、このかつお節を入れてね」

ちなみにこのかつお節は、さっきレオンに削ってもらったものだ。うーん……いい匂い！

「レオンに迷惑をかけないように、自由に生きていける道を探してみるわ」

「全く迷惑じゃないし、さっきも言った通り大歓迎だ」

「ふふ、もう、レオンったら」

でも、レオンの優しい気持ちが嬉しい。

私が望んでいない結婚をさせられて、悲しい思いをしないように、自分を犠牲にしてまで私に永住権を与えようとしてくれているのね。

いくら友達っていっても、そこまでできる人は少ないと思う。

レオンのような友達がいて、私は幸せ者だわ。

というか、国王夫妻の誤解を早く解かないといけないわね……！　食事の際に訂正させてもらいましょう。

レオンに手伝ってもらって、懐かしの日本食が完成した。

昆布とかつおの出汁が香るじゃがいもと玉ねぎのお味噌汁、蜂蜜を入れた甘い卵焼き、ごま油が香るれんこんのきんぴら、それから愛しのおにぎり……！　ああ、会いたかった！　中身は鮭とさっき出汁をとった昆布を砂糖と醬油《しょうゆ》で煮たものよ。

巻いてから時間が経ってしんなりした海苔も美味しいけど、あれは冷えたおにぎりに合うのよね。あったかいおにぎりはパリッとした海苔で食べてほしいから、海苔は別にしておいて直前に巻いてもらうつもりだ。

「ねえ、レオン、小さめのを作るから、今味見してみない？」

「ああ、いいな。食べよう」

「鮭と昆布、どっちがいい？」

「鮭」

「わかったわ」

手に塩を付けて熱々のお米を載せて、真ん中にくぼみを作る。そしてそこに鮭を入れたら優しく握って、火で炙《あぶ》っておいた海苔を巻いて……はい、完成！

おにぎりって、どうしてこんなに愛らしいのかしら。美味しいし、見た目も可愛いし、パーフェクトよね。

「じゃあ、いただきましょうか」

「ああ、いただきます」

「いただきます」

おにぎりにハグッとかぶりつくと、海苔がパリッといい音を立てる。

「ん〜〜……っ！」

お米と鮭と海苔が混ざり合うと、前世の魂が震えた。もう、ブルッブルに震えてる！

お、お、美味しい〜〜……っ！　塩加減も完璧！

久しぶりのおにぎりは、それはそれは美味しくて、なんだか涙が出てくる。

「……っ……美味……！」

「うん、美味しいねっ！　久しぶりだもんね」

小さめに作ったから、もうなくなってしまった。もっと食べたい！

「どうしてなんだろう」

「え？」

「前世でも色んなおにぎりを買って食べたり、自分で握ってみたりしたけど、北条の作ってくれたおにぎりが一番美味かった」

レオンは私の手を握ると、まじまじと眺めた。

「どうしてエミリアの作ったものは、全部美味しいんだろうな。この手に不思議な力があるみたいだ」

レオンの手の温《ぬく》もりが伝わってくる。

レオンの手って、こんなに大きかったのね。そうよね。男の人だものね。

なんだか急に意識してしまって、心臓がドキドキし始める。

あ、あら？　どうしたのかしら。急に……。

「あ、あの、レオン」

「ああ、早くしないと冷めてしまうな」

「そ、そうね。早く運びましょう」

できあがった料理をカートに載せて、国王夫妻の待つダイニングへ急いだ。

◆◇◆

「レディ・エミリア、楽しみにしていたよ。なんだかホッとするいい香りがするな」

「本当！　不思議な香りだわ。初めての香りよ」

「あ、きっと、お味噌の香りです」

お味噌のいい香りは、万国共通ね！

「オミソ？」

「蒸した大豆に麹《こうじ》とお塩を入れて発酵させた東方の調味料です。発酵食品は身体にとてもいいのですよ」

「まあ、それは楽しみね！」

「今日は私の得意な東方の料理をレオン王子と一緒にお作りしました。あ、毒がないか調べていただけますか？」

「かしこまりました」

近くの侍女に頼んで、毒がないか調べてもらう。

「エミリア、そんな必要はない」

レオンが気を遣ってくれて止めようとする。

「いいえ、ぜひ確かめてください」

安心して召し上がっていただきたいものね。

それに調理過程で入っていなくても、食材そのものに入っている可能性だってあるし、とにかく調べていただいた方が何かと安心だわ。

「野生動物よりも用心深いレオンの信頼している女性だ。私たちはそんなものを使わなくても構わないのだよ」

「そうよ。レオン王子が信頼しているなら、誰よりも安心だわ」

レオン、野生動物よりも用心深いの!?

「お気持ちは嬉しいのですが、安心して召し上がっていただきたいので。……お願いできますか？」

「かしこまりました」

毒検知の魔道製品が、侍女の手元に届いた。

毒検知の魔道製品は、前世でいうところの虫眼鏡みたいな形をしている。そのレンズで一つ一つ覗《のぞ》いて毒が発見されると、色が変わって見えるらしい。

「問題ございません。お運びしてよろしいでしょうか？」

「ええ、お願いします」

並んでお座りになっている国王夫妻と向かいに、レオンと一緒に腰を下ろす。

「長いお皿に並べてある白いものは、東方のお米というもので作ったおにぎりというものです。中には鮭と昆布を醤油という同じく東方の調味料と砂糖で煮たものを入れました。隣のお皿にある海苔を巻いて、手でお召し上がりください」

「手で？　なるほど、パンみたいなものか」

「はい、その通りです。そのスープが味噌汁です」

箸を使うのは難しいだろうし、そもそも用意がなかったので、スプーンを使っていただくことにした。

「まあ、いい香りがするのは、このスープなのね。中に入っているのは……じゃがいもと玉ねぎかしら？」

「はい、玉ねぎとじゃがいものお味噌汁です。おにぎりとよく合うのですよ。そして隣にあるのは、れんこんのきんぴらと卵焼きです」

「キンピラ？　タマゴヤキ？　あ、タマゴヤキはなんとなくわかるわ。卵を焼いたものかしら？」

「はい、その通りです。れんこんのきんぴらは、れんこんをごま油で炒めて、お砂糖とお醤油で味付けしたものになります。どうぞ、お好きなものからお召し上がりください」

「では、いただこうか」

お二人がおにぎりに海苔を巻いて、お口に運ぶ。パリッといい音がした。

デュランタ国の方のお口に合う味になっているかしら……。

ドキドキしながら、咀嚼する姿を眺める。

「んんっ……！　美味い。初めて食べる味だ。海苔の香りがいい」

「本当、海苔がパリパリして食感が楽しい。お米って美味しいのね。噛めば噛むほど甘くて、中に入っている鮭の塩気と合わさると……んんー！　美味しい！」

「昆布も美味い。ショウユ、だったか？　この味わいは癖になるな」

よかった！　気に入ってくださったみたい。

レオンもおにぎりを食べて、お味噌汁を飲んでいる。

「すごく美味い。だが、スプーンで飲むのは、変な感じがするな」

「ふふ、そうね」

「父上、すぐに味噌汁を飲んでみてください。おにぎりと合いますよ」

「何？　どれ、飲んでみようか」

「さっきから気になっていたのよ。どんなお味かしら」

国王夫妻はスプーンでお味噌汁をすくうと、品よく口に運ぶ。

「まあ……なんて優しいお味なの」

「オミソという調味料は、こんなにも深い味を出すことができるのか？　なんて素晴らしい味だ」

「かつお節と昆布を煮出したスープで具材を煮てから、お味噌を入れているのですよ」

「かつお節、とは、魚のかつおか？」

「はい、かつおを切って茹《ゆ》で、燻製《くんせい》したものにカビ菌を付けて乾燥させたものを削ったものが、かつお節です。そのスープは、レオン王子がお作りになったのですよ」

食べ物が好きすぎて、小学校の自由研究で色々調べたことが、まさかこんなところで役に立つとは思わなかったわ。

「ほお、レオン、お前にこんな才能があったとはな」

「エミリアが教えてくれたからできたことです。それに野菜の皮を剥くことすらできなかったので、エミリアが代わりにやってくれました」

「お前、剣は器用に使いこなせるのに、包丁は使えないのか……」

「当たり前じゃないですか。全然違いますよ」

「れんこんのきんぴらは先ほど説明した通りで、卵焼きは蜂蜜とレオン王子の作ってくださったかつお節と昆布のスープを卵に混ぜて焼いたものです。どうぞお召し上がりください」

卵焼きをナイフで一口大に切り分け、お口に運ぶ。

「まあ、甘くて美味しいわ。でも、デザートとは違う感じ。これはきっと、スープが入っているからなのね」

「ふわふわしていて、優しい味がするな。これなら体調が悪いときでも食べられそうだ。次はれんこんのきんぴらとやらを食べてみようか」

フォークでれんこんをお口に運ぶと、シャキシャキといい音が聞こえてくる。

「んんっ！　これまた面白い食感だ。美味い！　香ばしくて、甘辛くて……うむ、酒と合いそうだ。禁酒令が出ていなければ……くぅ……」

本当に悔しそうに仰るので、思わず笑ってしまう。

「ありがとうございます」

「美味しい！　食感が本当に楽しいわ」

「ちなみになのですが、れんこんにはビタミンCという成分が含まれていて、とても身体にいいのですよ。風邪の予防にもなります」

「まあ、美味しいし、身体にもいいなんて素晴らしいわ。特にアヒム様はお風邪を引きやすいですから、たくさん召し上がってほしいですわ。いつまでも長生きしてくださいな。わたくしを置いて死んでしまうなんて許しませんからね」

「ああ、私がそなたを置いていくわけがないだろう。死ぬときは一緒だ」

「約束ですわ」

あ、暑い……！　気温がまた、上がってきた気がするわ。

でも、いいわね。私も将来、誰かと結婚することがあれば、こんな風に仲睦《なかむつ》まじく暮らしたいわ。

国王夫妻は、残さず全て召し上がってくださった。レオンも完食してくれた。

空になったお皿を見るのって嬉しいのよね。

「エミリア、ありがとう。とても美味しかった。また、こうして料理を作ってくれないか？」

「ぜひ、お願いしたいわ」

「ええ、もちろんです。いつでもお作りします」

美味しく食べてもらえてよかった！

◆◇◆

翌日、私は城下の街を訪れていた。レオンが街を見に行かないか？　と誘ってくれたのだ。

城での格好だと目立って貴族だということがバレてしまうので、平民と同じ格好をしてきた。

レオンも私も、初めて会ったときと同じような服だ。馬車も、もちろん質素な外装のものだけど、中だけは立派で座り心地がいい。

今回も船の中のメンバーと同じ、私とマリー、そしてレオンとデニスさんで来ている。ちなみに護衛として、私服の兵が何人か付いてきてくれているみたい。

「わー！　賑やかなのね」

「本当ですね」

モラエナから出たことがなかった私には、とても刺激的な光景だった。たくさんの人たちが行き交い、活気に満ち溢れている。食べ物の出店もあちこち出ていて、いい香りがしていた。

「そういえばマリーは、モラエナから出たことがある？」

「いいえ、ありません。なので、ワクワクいたします」

「じゃあ、一緒ね」

まさかモラエナを出て、旅行に来ることができるなんて思わなかった。

「エミリア、マリー、何か気になるものがあれば、言ってくれ」

「レオン、私、あっちに売っているお肉の串焼きが気になるわ！」

さっきからいい匂いがしていて、みんな買ってその場で美味しそうに食べていて、すっごく気になっていたのよね。

前世のお祭りの屋台のことを思い出すわ。とうもろこしに、焼きそばに、たこ焼き……ああ、食べたい。

「食べるか？」

「ええ、買ってきてもいい？　みんな食べていて美味しそうだわ」

「エミリアお嬢様、いけません！　公爵令嬢がこんなところで食べ物を購入して、立ったまま召し上がるなんてはしたないです」

あ、そっか、貴族らしからぬ行動よね。

……だからと言って、諦められないわ！　絶対に！

「公爵令嬢じゃないわ。今はただのエミリアだもの」

「もう、エミリアお嬢様！」

「マリーも食べましょうよ。レオン、両替所に連れていってもらえないかしら。モラエナの通貨は使えないだろうから」

「あ、俺が買うよ」

「えっ！　そんなの悪いわ」

「いつも美味しい料理を作ってくれているお礼だ。待っていてくれ」

レオンはすぐに串焼き屋さんに行って、美味しそうな串焼きを三本買ってきてくれた。

私とマリーとデニスさんの分で、レオンの分は当然なかった。

「レオン、ありがとう」

「レオン王子、ありがとうございます」

「え、僕の分まで買ってきてくださったんですか？　ありがとうございます」

ジャック王子があんなことを仕出かさなければ、四人で食べることができたのに！

「いただきます」

串にはお肉とパイナップルが交互に刺さっている。一段目のお肉にかぶりつくと、じゅわっと肉汁が出てきた。

「ん～……っ！　美味しい！　これ、羊のお肉だわ」

「そうか。よかった」

羊肉は、前世で何度か食べたことがある。癖があるから好き嫌いが分かれるみたいだけど、私は好きだった。

このお肉は日本では食べたことのない味のスパイスがしっかり効いていて、苦手な人も食べられるんじゃないかしら？　一体どんな香辛料が使われているのかしら。今度調査したいものだわ。

「ひ、羊？」

マリーは食べたことがないみたい。

「美味しいわよ。食べてみて」

「は、はい……」

マリーも一口齧る。

ふふ、小さい一口で可愛い。

「あ、美味しいです」

「美味しいわよね」

次はパイン……うんうん、焼いたことで甘さが増しているみたい。お肉のこってり感を洗い流してくれて、次のお肉も美味しく食べられそう。

「デュランタでは結構羊の肉を食べるのですよ。……うん、美味しい！　この辺りの屋台の中でもかなり上位に入る味です」

「デニス、お前、屋台で買い食いしてるのか？」

「はい、サッと食べられて、すぐ腹が満たされるので、街での仕事があるときにはよく利用しますね」

そういえば、モラエナにも屋台ってあるのかしら？　うちの領地にはなかったけど、他の領地にはあったりするのかしらね。

ああ、それにしてもすごく美味しいわ。

「ねえ、レオンも食べない？　すごく美味しいわ」

まだお肉が一つ残っているので、レオンの方へ向ける。

「えっ！　エミリアの食べかけを……か？」

「大丈夫よ。口は付けていないから」

「いや、むしろ口を付けたところがい……」

「え？」

「な、なんでもない」

「毒は入っていなかったわ。とても美味しいのよ。レオンにも食べてもらいたいわ。はい、あーん」

「レオン様、好きな子からの『あーん』ですよ？　食べないと後悔しますよ」

「わかっている。エミリアが『あーん』してくれるなら、致死量の毒が入っていても美味しく食べる自信がある」

レオンとデニスさんがコソコソ何か話している。

どうしたのかしら……。

あっ！　そういえば、毒検知で問題なくても身体が受け付けないって言っていたわよね。

「レオン、ごめんなさい。無理にとは言わないの」

慌てて串焼きを引っ込めると、レオンの顔が暗くなった。

「あっ……！　レオン、大丈夫？　気分が悪くなってしまったかしら。本当にごめんなさい！」

「いや、大丈夫だ。だから……」

あ、肉汁が滴ってきちゃった。

私は最後の一つをパクッと齧って、全部口の中に入れた。

ふう、危なく手が汚れてしまうところだったわ。

「あーあ、レオン様が、グズグズしているから……」

「うるさい……」

串焼きを食べ終わったところだけど、あちこちの屋台に目移りしてしまう。

「あ、フルーツ飴《あめ》があるわ！」

前世のお祭りでは絶対に買っていたのよね。懐かしいわ。

「買おうか」

「ええ、苺飴が食べたいの。あ、やっぱり両替えをしたいわ。レオンに買ってもらってばかりじゃ悪いもの」

「気にするな。俺は一応王子だぞ。串焼きの一本どころか、この辺りの屋台だって余裕で買い占められる」

「でも……」

「……エミリア！」

え……!?

レオンがいきなり私の腰を引いて、私を抱き寄せた。

何事かと思っていたら、レオンは腰に差していた剣を抜き、目の前にいる人に突き付ける。

それと同時に、町民に変装していた兵も剣を抜いてその人に向けた。

「きゃあ！　何⁉」

「揉め事か⁉」

周りの人が悲鳴を上げ、私たちから離れていく。

「エミリアに触れようとしたな。貴様、何者だ」

え⁉　全然気付かなかった。

背中を刺されたことを思い出し、ゾッとする。

レオンが剣を突き付けた人は、深くフードを被《かぶ》っていて顔が見えない。でも、体形で男の人だということはわかる。

な、何？　私、また何か危害を加えられるところだったの⁉　もう、私はジャック王子の婚約者じゃないのよ⁉　……あっ！　元婚約者ってことで恨みを買って……？

「エミリアお嬢様！」

「マリーさん、いけない！」

マリーが駆け寄ろうとするのを、デニスさんが止めてくれた。

デニスさん、ありがとう！　マリーなら進んで私の盾になりかねないわ！

「貴様こそ、何者だ」

え、この声って……！

聞き覚えのある声に、心臓が大きく跳ね上がった。

「待って、レオン、その人は……！」

もしかして――……。

目の前の男性が、フードを脱いだ。

「やっぱり、エミリア！」

艶やかな黒髪に、海のような青い目――目の前の人は、確かにハンスお兄様だった。

「ハンスお兄様！」

「えっ！　ハンス様!?」

「……！　この人が、エミリアの兄上？　失礼しました」

レオンはすぐに剣を引き、鞘《さや》に納めた。私は彼の手を離れ、ハンスお兄様に駆け寄る。三年前より大人びた顔立ちをしていて、背も少し伸びたみたい。

「エミリアお前、目が覚めたんだな。よかった……いつ目が覚めたんだ？」

「半年ぐらい前よ。それよりも、ハンスお兄様がご無事でよかった……でも、無事ならどうしてデュランタに？　どうしてモラエナに帰ってきてくださらなかったの？」

「エミリア、人が集まってきた。ひとまず場所を移した方がよさそうだ」

レオンの言葉にハッと我に返り、周りを見るとたくさんの人たちが集まってきて、こちらを見ていた。

「皆さん、馬車に戻りましょう。こちらです！」

デニスさんの後ろを付いていく。裏路地に入ってじぐざぐに走り、さっきの騒ぎに集まってきた人たちが誰もいないことを確認し、乗ってきた馬車に戻った。

レオン、私、マリーが並んで座り、向かいにハンスお兄様とデニスさんが座る。

い、息が苦しいわ……。

「エミリア、マリー、大丈夫か？」

レオンが気遣ってくれる。

「え、ええ……大丈夫よ」

「は、い……大丈夫です……っ」

結構走ったのに、私とマリーだけしか息が上がっていない。

レオンもお兄様もデニスさんも、体力があるのね……。

「冷たいお水がありますが、お二人とも飲みますか？」

「わあ、ありがたいわ」

「い、いただけますか？」

さっきのお肉の串焼きで喉も渇いていたし、冷たいお水が美味しい。

「ありがとうございます。落ち着きました……」

胸に手を当てて息を整えていると、ハンスお兄様がジッと私を見ていた。

「お兄様？」

目が合うと、サッと目を背けられた。

「ああ、いや、お前が目覚めたのが嬉しくて、ついな」

「心配してくれて、ありがとう」

「後遺症はないのか？」

「ええ、全くないわ」

「傷は痛まないか？」

「ええ、大丈夫よ」

ハンスお兄様とこんなに会話が続くのは初めてだわ。

私を心配してくれていることが伝わってきて、胸の中が温かくなる。

「それよりも、ハンスお兄様のことよ！　どうしてデュランタに？　そもそもどうしてお兄様が戦争に行ったの？」

我が家には男の子が生まれなかったから、跡取りがいない。わざわざ養子に貰った大切な存在なのに、どうしてハンスお兄様が戦争に行くことになったのだろう。

貴族の家から、誰かが戦争に行くことは珍しくない。でも、それは跡取り候補が何人もいる家の話だ。

我が家は公爵家、それに王妃を輩出した家だ。お兄様を戦争に行かせないように手を回すくらいは、容易《たやす》いはずなのに……。

「目的があったから、自分の意志で参戦した。お父様は最後まで反対していたから、隙を見て抜け出したんだ」

「目的って、そんな、命をかけないといけない目的って何？」

「……ああ、お前だって、モラエナがデュランタに戦争を仕掛けたところで、負けは見えていることはわかっているだろう？」

「ええ、子供だってわかるわ」

子供にだってわかることを、ジャック王子はわかっていなかったわけで……。

「デュランタの手が、我が公爵領にも伸びて被害が出るかもしれないわけだ」

「そうね。それが戦争だもの」

でも、戦争後にしては、あまり被害が出ていなかったような……。

「……お前は、お父様によく思われていないだろう？」

「う……え、ええ、そうね」

わかっていることだけど、他の人から言われると心にグサッと刺さるわね。

「あのとき、お前はまだ目を覚ましていなかった。デュランタの兵が公爵領に攻め込んできたとして、お父様はお前を連れて逃げてくれるだろうか——と考えたとき、置き去りにしそうだと思った」

「……そ、そうね。悲しいことに」

お父様のことだもの。少しも躊躇わずに、置いてけぼりにされそう……。

「私がいれば、もちろん連れて逃げる。だが、運悪く外出しているときだったら？　と考えたら、このままだとお前が危ないと思って、俺は戦争に反対するよう国王に進言してほしいとお父様に頼んだ。お前のことは伏せて、勝ち目のない戦争をするのはあまりに不毛だと理由を付けてな」

「えっ！」

まさか、お兄様が私のためにそんなことを!?

「だが、いくら言っても聞き入れてもらえなかった。国王に逆らうのが怖かったんだろう。私が自分で国王に訴えるにしても、私はまだ、ただのラクール公爵家の跡取りというだけで立場が弱くて、謁見の許可すら下りなかった」

「そうだったの……」

ジャック王子も馬鹿だけど、正直、国王様も頭がいいわけじゃないのよね。此《こ》の親にして此の子あり！　って感じ。

「だから、戦争に出ることにしたんだ。もちろん、デュランタに勝つなんて無謀な希望は持っていない。だから私は、間諜《かんちょう》になることにした」

「間諜……？」

スパイってこと!?

「ああ、デュランタ国王と交渉し、モラエナの戦況を報告する代わりに、ラクール公爵領には手を出さないように約束を取り付けることに成功したんだ」

「なんだって!? 俺はそんな話、聞いていないぞ」

レオンが声を上げる。

そうよね。知っていたら、私にお兄様の無事を教えてくれるはずだもの。

あ、そういえば……。


『そなたが、ラクール公爵家の令嬢か』


昨日の国王様とのやり取りを思い出す。

デュランタにまで名が届くような家柄じゃないのに、ラクール公爵家のことを知っていた。

あれはきっと、ハンスお兄様を知っていたから出た言葉だわ。

「さっきから誰だ貴様は、というか、なぜエミリアの隣に座っている。馴れ馴れしい」

「ちょっ……ハンスお兄様!?」

あれ!? ハンスお兄様って、こんなに好戦的な人だったかしら!?

「デュランタ国第二王子、レオン・リースフェルトだ」

「何？ 第二王子？ デュランタの第二王子とエミリアが、どうして一緒にいるんだ？」

「それよりも、ハンスお兄様の話の方が先よ。どうして戦争が終わったのに、デュランタにいるの？　どうしてモラエナに帰ってきてくれないの？」

「いや、私も戦争が終わったら、すぐにモラエナに帰ろうと思っていた。お前のことが心配だしな」

「それなら、どうして……」

「我が国の馬鹿代表……いや、ジャック王子が、そこの第二王子に毒を飲ませただろう。そのおかげで和平交渉は中断されて、またいつ戦争が始まってもおかしくないのではないかと思ってな」

あの、クズ王子のせいだったのね……！

「我が国は、再びモラエナと戦争など起こそうと思っていないから安心していい」

「和平交渉が正式に結ばれるまでは信用ならない。……私の話は終わりだ。エミリア、なぜお前がデュランタにいる？　なぜこの第二王子と共に行動しているんだ？　それにさっきは……とても親しげに見えたが？」

ハンスお兄様のお顔は、なぜかものすっごく忌々しいといった表情だった。

どうして、こんな表情になるの!?

「実はね、私、目覚めた後にお父様とお母様を怒らせて家を追い出されてしまって、おばあさまのお屋敷でお世話になっていたの」

「なんだって⁉　前から風当たりが強いとは思っていたが、何があったんだ？」

私は目覚めてから、おばあさまの屋敷で暮らすまでのことを話した。

迷ったけれど、カタリーナのことも……。

マリーは信じてくれたけれど、ハンスお兄様は信じてくれないでしょうね……。

いつものカタリーナの姿を見ていたら、とても想像できない話だもの。

「……そうだったのか」

「え……」

「どうした？」

「信じてくれるの？　あのカタリーナの話よ？　愛らしくて、人懐っこいあのカタリーナよ？」

「当たり前だろう。お前が嘘を言うわけがない。お前がそうだと言うのなら、それが真実だ」

「……っ」

まさか、信じてくれると思わなかった。

嬉しくて、涙が出てきそうになる。

泣いては、駄目よ。話ができなくなってしまうわ。

お父様とお母様は信じてくれなかったけれど、私をこうして信じてくれる人がいる。なんて心強いのだろう。

「カタリーナには、常日頃引っかかることが少しあった」

「え、そうなの?」

「あいつは、よく笑うだろう?」

「そうね、笑っていたわ」

「ずっと、目が笑っていないような気がしていた」

「えっ! そうだった?」

「ああ、あいつの笑顔は薄気味悪く感じていた」

全然気がつかなかったわ。普通に可愛い笑顔だとしか思わなかった。

「モラエナ兵の大半は、嫌々参戦している者ばかりだったが、中には心から戦争を楽しんでいる者もいた。カタリーナの目は、そいつが人を痛めつけて笑っているときの目とそっくりだと思っていたところだ」

背筋がゾッとした。

もう治った背中の傷跡が、ちょっと痛んだ気がした。

「それで、どうしてお前がデュランタにいるんだ?」

「レオンとは旧知の仲でね。出かけたときに偶然再会して話を聞いてくれてね。それで気晴らしに旅行に誘ってくれたのよ。ね、レオン」

「いや、俺はエミリアに俺の妃になってほしいと思って誘った」

また、レオンのお人好しが出てしまったわ。

「なっ……妃!? エミリアが、デュランタの!?」

「ハンスお兄様、レオンは優しい人なのよ。私が不遇な思いをしていると思って、助けようとしてくれているだけなの。でも、私はその優しさに付け入るつもりはないから、安心して」

「エミリア、何度も言うが俺は本気だ」

「大丈夫よ。レオン、あなたの気持ちだけで十分嬉しいから」

するとデニスさんがなぜか吹き出した。

「デニスさん？」

「す、すみません。えーっと、思い出し笑いです。お気になさらないでください」

そして隣に座るマリーは、苦笑いを浮かべていた。

一体、どうしたのかしら。

「それにしても、お前とデュランタの第二王子が、どうして旧知の仲なんだ？ 接点などないだろう」

あ、どうしよう。理由を考えていなかったわ。

「え、えーっと……あっ！ おばあさまの屋敷の近くに、レストランがあったでしょう？ そこで昔出会って……ね！ レオン」

話を合わせて！ と念じて、レオンにウインクする。

「……っ……ぐ……可愛……っ……あ、ああ、その通りだ。俺から声をかけて、知り合いになったんだよな」

　よかった！　通じたわ。

「ええ、そうね」

「……何が妃だ。貴様、エミリアにちょっかいをかけるな」

　ハンスお兄様が、レオンを睨みつける。

「ハンスお兄様、レオンに失礼なことを言わないで！　レオンは私を助けようとしてくれているだけなのよ！」

「まあ、エミリアはこう言っていますが、俺は本気ですし、昨日は俺の両親である国王夫妻にも紹介済みです。**お義兄《にい》さん**」

「誰がお義兄さんだ。ちなみに私はエミリアの実の兄じゃない。従兄だ」

「知っています。エミリアから教えてもらっていますから」

　二人の目の前に、バチバチ火花が見えるような気がする。

　この二人、相性が悪いみたい……。

「お兄様が戦争で大変な思いをしているときに、私はグースカ眠っていたのね。ごめんなさい」

「お前は重傷を負っていたんだ。ただ眠っていたわけじゃない。気にしなくていい」

「そうですよ！　目覚める確率は十％もないと言われていたんです」

　マリーが涙をにじませ、私の手を握る。

「えっ！　そうなの⁉」

「はい……」

は、初耳だわ……。

「こうして後遺症もなく、普通の生活を送れていることが奇跡みたいなものだ。だからエミリアは本当に気にしなくていい。これは私が自分の意志で行っていたことだ」

「……っ……ありがとう、お兄様……私、ずっとお兄様に嫌われているって思っていたの。でも、違ったのね」

「私がお前を？　そんなわけがないだろう。努力家のお前を誰よりも尊敬している。どうしてそう思ったんだ？」

「だって話しかけても素っ気ないし……」

「そ、それは、すまない……単にそれはどう接していいかわからなかっただけだ。私は器用な方じゃないから、話せば不快な思いをさせて嫌われてしまうと思って……私はお前に嫌われたくなくて、話しかけるのも、深く関わるのも我慢していたんだ」

こんなに大切に想《おも》ってもらっているなんて、知らなかった。

話してみないとわからないこともあるのね。

「それにお前は、いずれジャック王子の元へ嫁ぐとわかっていたから、これ以上気持ちが育つのは辛くなると思っていたんだ」

ハンスお兄様からずっと嫌われていたと思っていたけれど、私のことを好きでいてくれたなんて……。

「でも、意識不明のお前を見て後悔した。どうして今まで我慢してきたんだろうって。だからもう、これからは我慢しない。エミリア、私はお前が好きだ」

なぜかレオンが「な……っ!?」と驚いた様子だった。

そうよね。私も驚いているもの。

「私、ハンスお兄様のことを誤解していたわ。ずっと嫌われていると思っていたから悲しかったけれど、でも、好きだって言ってもらえて嬉しい。お兄様が私のお兄様でよかった！」

「あ、ああ」

「私たち、本当の兄妹じゃないけれど、私はハンスお兄様を本当のお兄様だと思っているわ。これからも私のお兄様でいてね」

「……あ、ああ……」

「そして嫌うなんてことは絶対ないし、本当の妹だったら、遠慮するなんて変でしょう？　私たち本当は従兄かもしれないけど、心は真の兄妹よ。仲良くしましょうね」

ハンスお兄様の手を取り、ギュッと握る。

「…………………あぁ…………」

なぜかハンスお兄様は、生気の抜けたような顔をしていた。

あら？　どうしたのかしら。……あ、ずっとデュランタで気の張った生活をしていたのだもの。お疲れなのよね。

「すごいな。速攻で振られちゃったよ」

デニスさんがボソッと小さな声で何か言ったけれど、聞き取ることができなかった。

「これは、悠長なことは言っていられなさそうだな」

レオンがため息混じりに呟《つぶや》く。

なんのことかしら……あっ！

窓の外を見ると、日が暮れ始めてきていた。

街を見て歩くのは三時間って約束だったから、残り時間はわずかだわ。レオンはこのことを言っているのね。

昨日は夕食の時間以外は、デュランタを空けていた間に溜《た》まっていた政務に励んで、今日も出かける直前まで政務をしていた。この三時間は、ようやく作ってくれた時間だ。

レオンだって息抜きをしたいのではないかしら？　馬車の中で私たち兄妹の話に付き合わせているというのはあんまりだわ。

「今日はレオンが街を案内してくれていたの。お兄様も一緒に見て回らない？」

「無理しなくていいですよ。**お義兄さん**」

「だから、お義兄さんと呼ぶなと言っているだろう。そして貴様、お義兄さんを強調していないか？」

「気のせいですよ。エミリアから真の兄妹だと思われている**お義兄さん**」

レオンはにっこり微笑んで、何度もお義兄さんと呼ぶ。

そういえば、レオンのお兄様……デュランタ国の第一王子は、どんな方だったのかしら。あの王妃様の血を継いでいるのだもの。きっととってもいい方だったはずよね。

馬車を降りて、私たちはまた街を散策し始めた。

私たちはハンスお兄様を加えて、再び街中を探索し始めた。

「わあ、あのドレス、エミリアお嬢様に似合いそうです」

マリーがキラキラ輝いた目で見る先には、愛らしい花柄のドレスが飾られていた。

「本当だ。エミリアに似合いそうだ。まあ、エミリアならなんだって似合うだろうけどな。今の格好ですら可愛い。平民を装っているのに、女神のようなオーラが隠せていないくらいだからな」

「レオンったら、お世辞を言いすぎよ」

「エミリアお嬢様、ご試着してみませんか？」

「いえ、大丈夫よ。時間が勿体ないもの」

「もう、エミリアお嬢様ったら、素晴らしい美貌をお持ちなのに、相変わらずこういうものにご興味を持っていただけないのですね」

前世ではこういうものにときめいていたのだけど、ジャック王子の婚約者時代にドレスも宝石も腐るほど見て、着せられてきたせいか、全然ワクワクしなくなってしまったのよね……。

いつかまた、ときめく日が来るのかしら……。

「エミリア、本当に興味がないのか？　買ってやろうか。その、なんというか、お前にすごく似合いそうだ」

ハンスお兄様が、頬を赤らめて言ってくる。

こういうことを言いなれていないのね。照れていらっしゃるわ。ふふ、ハンスお兄様ったら可愛い。

「いいえ、大丈夫よ」

「そうか？　何か欲しい物があれば私に言いなさい」

「ええ、ハンスお兄様、ありがとう」

「……それにしても、まさか、エミリアとこうして歩けるなんて思わなかったな。エミリアとデートするのを何度も想像した。まさか、現実になるなんてな」

「ふふ、ハンスお兄様ったら。妹と出かけることをデートとは言わないのよ？」

「……そうか、そうだな」

なぜかハンスお兄様が沈んでしまい、逆にレオンが楽しそうにし始めた。

ど、どうしてしまったのかしら……。

「エミリア、さっきのフルーツ飴を買いに行こうか」

「いいの？　食べたいわ」

「買い食い？　こんな屋台で売っている何が入っているかわからない物を、お前に食べさせるわけにいかない。おい、貴様、うちのエミリアに変な物を食べさせるな」

「さっきから貴様、貴様って、俺はデュランタ国の第二王子だぞ。敬意を払ってもらおうか」

この二人、本当に相性が悪いわね……。

「お兄様、私が食べたいって言ったのよ」

「変な物を食べては駄目だ。腹を壊したらどうする」

ハンスお兄様、意外と過保護だわ！

「変な物なんかじゃないわ。絶対食べる」

「エミリア」

窘《たしな》めるように名前を呼ばれたけど、無視してレオンに苺飴を買ってもらった。

「レオン、ありがとう。んんーっ！　美味しい」

飴は薄く付けられていて、齧るとすぐにパリッと割れる。甘酸っぱい苺とパリパリの甘い飴がよく合う。

前世で食べた苺飴より美味しい気がするわ。

「お兄様も食べる？」

「いや、私はいい」

「そう？」

「全く、そんな得体の知れない物を食べて……でも、お前が嬉しそうにしていると、その、私も嬉しい」

ハンスお兄様の兄としての愛情を見せられ、少し気恥ずかしくなる、

「ふふ、ありがとう」

「エミリア、父上と母上から辛い思いをさせられてきた分、これからは私が幸せにする。だから……」

「いいや、エミリアを幸せにするのは俺だ」

ハンスお兄様と私の間に、レオンが割って入る。

「他人は黙っていろ」

「他人じゃない。婚約者ですよ。**お義兄さん**」

「お義兄さんと呼ぶなと言っているだろう！　婚約式も挙げていないのに、婚約者を名乗るな」

「もう間もなくですよ。すぐに婚約式、そして結婚式だ。可愛い妹の花嫁姿を楽しみにしていてください」

い、言い合いが始まっちゃったわ！

「私は小さい頃からエミリアを見ている。エミリアを幸せにするのは私だ」

「いーや、エミリアを想ってきた長さなら、誰にも負けないが？」

「ちょ、ちょっと、二人とも、いい加減に……」

二人とも、どうして私のことでこんな揉めるの⁉

「今までエミリアが辛い思いをしていたのを黙って見過ごしてきたくせに、今さら幸せにした

いなんて都合がよすぎるだろう。俺なら最初から助けていた」

「……っ」

ハンスお兄様が、グッと言葉を詰まらせる。

「レオン、やめて。ハンスお兄様を悪く言わないで」

私を庇えるはずがないのよ。

ハンスお兄様は養子だ。我が家の跡取りとはいえ、立場が弱い。私を庇うことで、足場が崩れてしまうかもしれなかった。

「……ごめん」

「ううん、でも、レオンの気持ちは嬉しいわ。ありがとう」

遠目にまた、気になる食べ物屋さんを見つけた。

「あ、レオン、あっちの……」

振り返ったそのとき、ハンスお兄様がその場に膝を突き、そのまま倒れてしまった。

「えっ⁉　ハンスお兄様！　どうしたの⁉」

私みたいに刺された⁉　ううん、レオンや護衛の兵がいてくれる中、刺されるはずがない。

「ハンスお兄様！」

「ハンス様、大丈夫ですか⁉」

ハンスお兄様の身体を抱き起こすと、その身体はとても熱かった。

すごい熱だわ……！

「すぐに城へ運ぼう。デニス」

「はい、レオン様」

レオンとデニスさんがハンスお兄様を抱えると、護衛の兵が飛んできた。

「レオン王子、私が代わります」

「いや、いい。お前は先に馬で城に向かって、すぐに医師と司祭に診てもらえるよう手配しろ。大切な人の兄だから、しっかり診てくれと伝えてくれ」

「かしこまりました」

ハンスお兄様を馬車に運び、すぐに発車してもらう。

「レオン、デニスさん、ありがとう」

「気にするな。俺たちが一緒のときでよかった」

「ええ……ハンスお兄様はとても丈夫な方だから、こんな具合が悪いところを見るのは初めてだわ」

何か悪い病気だったら、どうしよう。

不安で押し潰されそうになっていると、レオンが手を握ってくれた。

「レオン……」

「大丈夫だ。うちの城の医師と司祭は優秀だ。お義兄さんがどんな病気だったとしても、治してくれるはずだ」

元気づけてくれているのね。

「ただ、老衰ばかりはどうにもならないが、そんな歳じゃないだろ？」

「ふふ、そうね。ありがとう」

そうよね。きっと、大丈夫……！

◆◇◆

城に着くとすぐにゲストルームへ通された。お医者様と司祭様が待っていて、すぐにハンスお兄様を診てくださる。

「先生、お兄様は何か悪い病気なのでしょうか」

「いいえ、安心してください。過労から来る発熱でしょう。栄養をとって、安静にしていればすぐに元気になりますよ」

「よかった……」

「解熱剤だけ出しておきます。胃が荒れてしまうので絶対に空腹は避けて、食事の後に飲ませてください」

「わかりました」

戦争で大変だったのだもの。疲れが溜まって当然だわ。

「祝福を与えましょう。早く回復する手助けになるでしょう」

司祭様が手をかざすと、温かい光がハンスお兄様を包み込んだ。

「……っ……」

するとマリーが、涙を零した。

「マリー、大丈夫よ。ハンスお兄様は、すぐ元気になるってお医者様が言ってくださったでしょう？」

「い、いいえ、すみません。ハンス様もとても心配なのですが、エミリアお嬢様が意識不明だったとき、こうして祝福を与えられていたことを思い出してしまいまして……」

「えっ！　私のことで泣いていたの!?」

「す、すみません」

「たくさん心配をかけてごめんね。もう、絶対あんなことにならないから安心して」

「はい……」

マリーの手をギュッと握ると、また彼女の目から涙が零れる。

「そうだ。俺が絶対に守るから、安心してくれ」

「レオン王子……ありがとうございます。どうかエミリアお嬢様を末永くお願いしますね」

「ああ、任せてくれ」

「ちょ、ちょっと、二人とも……」

これでレオンが永住権をくれるために、求婚してくれているってマリーが知ったら……。

絶対ショックを受けるわよね。

そのときのマリーを想像したら、かなり胸が痛くなる。

「これで、終わりです」

「先生、司祭様、ありがとうございました」

「二人とも、ご苦労だった。また、何かあったら頼む」

「ええ、もちろんです」

「お大事にどうぞ」

司祭様とお医者様が帰っていくと同時に、ハンスお兄様が目を開けた。

「ハンスお兄様！　大丈夫？」

「ここは……？」

「デュランタ国城よ。レオンとデニスさんが運んでくれたの。ハンスお兄様は歩いている途中で、熱を出して倒れてしまったのよ」

「そうだったのか。情けないところを見せたな。すまなかった」

ハンスお兄様が起き上がろうとするのを慌てて止める。

「起きたらダメよ！　熱があるのよ」

「これぐらい平気だ。第二王子、側近、手間をかけさせてすまなかったな」

「とんでもない。大切な人の**お義兄さん**だ。これくらい気にしないでくれ」

「だから、誰がお義兄さんだ……。街に宿を取っているから、そっちに戻る」

ハンスお兄様は私が止めるのも聞かずに、身体を起こした。

もう、どうして無理をしようとするのよ！

「駄目！」

私はグッと力を入れ、ハンスお兄様をベッドに押し戻した。

畑仕事に料理、どれも力がいるものばかり。この半年間、たっぷり鍛えてきた私だ。高熱を出したハンスお兄様を押し返すことぐらい容易い。

「エミリア、お前、どうしてそんな力があるんだ？」

「……ハンスお兄様、怒るわよ？」

じろりと睨みつけると、ハンスお兄様が目を逸らす。

「ハンスお兄様には、休息が必要なの。安静にしないと駄目！　絶対に駄目なの！　わかった？」

「エ、エミリア、睨まないでくれ……」

「わかってくれたなら、やめるわ」

「わ、わかった。休む。動かない」

……無理をしなくなったのは嬉しいけど、私の顔、そんなに怖いの？

「エミリアは一体どんな顔で睨んでるんだ？」

「こちらからは見えないですね。でも、ハンス様があんなに怯《おび》えていらっしゃるところは初めて見ました」

「普段からは想像できないですが、とんでもなく恐ろしいお顔なのでは？」

「それはそれで見てみたいな……」

レオンとデニスさんとマリーが、ヒソヒソ話している声が聞こえる。

「ち、違うわよっ！　ハンスお兄様は具合が悪いから、神経が過敏になっているの！」

振り返ると、三人にサッと目を逸らされた。

もう……っ！

「ハンスお兄様、今食事を持ってくるわ」

「いや、あまり食欲が……」

「解熱剤を飲まないといけないから、少しでも食べないと駄目なのよ。少しでも食べやすいものを作るわ」

「作る……って、まさか、お前が作ってくれるのか？」

「ええ、私が作るわ。実は私、料理が趣味なのよ」

「知らなかった……」

「お父様に知られたら大変だから、隠していたの。すぐに作るから待っていてね」

「エミリアお嬢様、お手伝いします」

「ありがとう。でも、大丈夫よ。マリーはハンスお兄様に付いていてくれる？」

「かしこまりました」

キッチンを借りて、食糧庫でメニューを考えているとレオンが来た。

「エミリア、何か手伝えることはあるか？」

「ありがとう。でも、大丈夫よ。あの、熱が下がるまでは、お兄様も城に滞在させてもらえないかしら？」

「ああ、好きなだけ滞在してくれて構わない」

「何から何までありがとう。今、何を作るか考えていたところなの。前世なら体調を崩したときはお粥やうどんを作るところだけど、この世界の人には馴染みがないから、体調が悪いときには受け付けないかもしれないわよね……あ、そうだわ。パン粥《がゆ》にしましょう」

「パン粥？」

「そう、パンのお粥バージョンよ。パンなら馴染みがあるし、食べやすいんじゃないかしら」

「食べたことがないな。想像もつかない」

「ふふ、すごく美味しいのよ」

今朝作ったパンを一口大に切って、たっぷりの牛乳に浸しておく。

パンが牛乳を吸収している間に、りんごを小さな角切りにして、バターと砂糖で炒めてしんなりしてきたらレモン汁を加えて火からおろす。

「アップルパイみたいな匂いがするな」

「ええ、これはアップルパイの中身の作り方と同じよ」

そうしているうちにパンがたっぷりと牛乳を吸っているから、火にかけて少し煮込んで、蜂蜜で少しだけ甘みを付けたらお皿に盛って、さっきのりんごを載せて……完成！

「できたわ。りんご入りのパン粥よ。レオン、味見を手伝ってくれない？」

「もちろんだ」

小さめのお皿を二枚取り出して、私とレオンの分を取り分ける。

「はい、召し上がれ。熱いから気をつけてね」

「ありがとう」

レオンはスプーンですくうと、ふぅふぅ息を吹きかけてから口に運ぶ。

「ん……美味い。パンって牛乳と煮ると、こんなにプルプルした食感になるのか。りんごも美味い」

「美味しいわよね。昔……っていっても、前世の話なのだけど、近所の家の赤ちゃんが、これのりんごが入っていないものを離乳食で食べていたの」

「えっ！　離乳食なのか？」

「そうなのよ。でも、それが妙に美味しそうで……！　調べてみたら大人用のパン粥のレシピを見つけたから作ってみたの、そうしたら、すごく美味しかったのよ。それもりんごを入れないレシピのものだったのだけど、食べ進めていくと飽きちゃって。それで、飽きずに食べられるアレンジはないかなーと思って、このレシピに辿り着いたの」

「すごいな。それにりんごが入っている方が、栄養がありそうだ」

「あ、美味しさを追求してそこまで考えてなかったけれど、言われてみればそうね」

私も食べてみる。

うん！　やっぱり、美味しいっ！

牛乳を吸った優しい味のプルプルのパン、それに甘いシャキシャキのりんごとの組み合わせがすごく合う。

「じゃあ、運びましょうか」

ハンスお兄様の元へ戻って、ベッドの前にテーブルを置いてもらってパン粥を置いた。

「ハンスお兄様、りんご入りのパン粥よ。熱いから気をつけて食べてね」

「パンがゆ？」

「ええ、美味しいから食べてみて」

「本当にエミリアが作ったのか」

「ええ、甘いものはお好きよね？」

一緒に暮らしていたとき、コーヒーや紅茶には必ずお砂糖を入れていたし、お菓子も嫌な顔をせずによく食べていたから好きなはず。

「どうして知っているんだ？」

「一緒に暮らしていたんだもの。見ていたらわかるわ」

「……そうか、私のことを見ていてくれたのか」

ハンスお兄様は、少し照れくさそうに笑う。

「エミリアの父上と母上と妹は、甘いものは好きなのか？」

レオンが尋ねてくる。

どうしてうちの家族の話に？

「お父様は苦手なの。お母様とカタリーナは甘いものが大好きよ。それがどうかしたの？」

「そうか、**家族の**好みは、把握しているんだな。**家族**の好みは」

「おい、家族を強調するな」

ハンスお兄様が眉を顰め、レオンをジッと睨む。

「もう、いいから、早く食べて。何か食べないと、薬が飲めないんだから」

「ああ、そうだな。すまない。じゃあ、いただく」

ここに来るまでに、いい温度に冷めたみたい。ハンスお兄様は少しだけ息をかけて冷まし、口に運ぶ。

どうか、お口に合いますように……！

そう願いながら食べる様子を見守っていると、ハンスお兄様が目を見開く。

「……美味しい」

「本当？　よかったわ」

「ああ、すごく美味しい。エミリア、お前にこんな才能があったなんて驚いた」

「ありがとう。嬉しいわ」

半分ぐらい食べてくれたらいいなと思っていたけれど、ハンスお兄様はパクパク食べ進めて全部食べてくれた。

「美味しかった」

「ハンスお兄様、無理して全部食べたんじゃない？　お腹は大丈夫？」

「ああ、無理して食べたわけじゃないから、大丈夫だ。食欲がなかったんだが、美味しくて気がついたらなくなっていた」

「そう、よかったわ。はい、お薬も飲んでね」

「ああ、ありがとう」

これで熱も下がるわね。

「後はちゃんと寝てね。私、ずっと傍に付いているから」

「「えっ！」」

レオンとハンスお兄様が、同時に声を上げた。

「どうしたの？」

「いや、嬉しいが、ずっと付いていなくても大丈夫だ。エミリアも病み上がりだしな」

ハンスお兄様の顔が赤い。熱が相当あるみたいね。早く解熱剤が効かないかしら。心配だわ。

「私はもう病み上がりなんかじゃないわよ。目覚めてから半年も経つし、元気いっぱいだもの。額にタオルを載せるから、横になって」

「あ、ああ……」

氷水に浸したタオルを絞って、ハンスお兄様の額に載せてあげる。

「エミリア、お義兄さんのことは、侍女に見てもらえるようにする。だから、エミリアは休んだ方がいい」

「レオン、ありがとう。でも、私が傍にいたいのよ」

私のために戦争へ行って、大変な思いをしたハンスお兄様……今日倒れたのも、戦争や慣れない国での暮らしで疲れていたからに違いない。

その気持ちはとてもありがたくて、同時に罪悪感でいっぱいになる。せめて傍にいて、看病がしたい。

「……………まずい。眠れそうにない」

ハンスお兄様が、ボソッと呟く。

「あ、駄目よ。ほら、私が見ていないと、絶対に起きて無理をするに決まっているわ」

「レオン様、エミリア様って相当鈍いですよね。ハンスさんが可哀相になってきました」

デニスさんがレオンに何やら耳打ちをしている。

何を話しているのかしら？　あっ！　とっくに政務に戻る時間よね!?　きっと、戻ってほしいって言っているんだわ！

「レオン、ごめんなさい。もう、大丈夫だから、政務に戻って？」

「いや、俺もここにいる」

「えっ」

「レオン様、お気持ちはわかりますが、さすがにご政務をしていただかないと困るのですが」

「この部屋でやる。デニス、運んでくれ」

ええっ!?

「レオン、本当に大丈夫よ？」

「でも、心配なんだ。俺もエミリアの傍にいたい」

レオン……ハンスお兄様を心配してくれているのね。

相性が悪いかと思っていたけれど、実はいいのかしら？

そういえば、喧嘩《けんか》するほど仲がいいっていうものね。相性が悪いと思ったのは勘違いだったのかもしれないわ。

「レオン、ハンスお兄様を心配してくれてありがとう」

「……いや、兄上を心配しているのではなくて、エミリアが心配なんだが」

ふふ、素直になれないのね。

「ありがとう、レオン」

「レオン様、通じてませんよ」

「………………いいから、早く書類を持ってこい」

レオンって、本当に優しいのね。

マリーとデニスさんには下がってもらい、レオンと一緒にハンスお兄様を見守ることになった。お兄様は眠れないと言いつつ、しばらくすると寝息が聞こえてきた。

さっきまで罪悪感と心配で押し潰されそうだったけど、レオンがいてくれるからかしら。暗いことを考えないでいられる。

心地いい……。

ハンスお兄様を起こしてはいけないから、レオンとの会話は最小限にしていて、しんとしていることの方が多い。

でも、居心地が悪くない。むしろ、心地よく感じる。

お兄様の規則正しい寝息、私が持ち込んだ本をめくる音、レオンが書類にペンを走らせる音――聞いていると、なんだか落ち着く。

しばらくするとハンスお兄様の手が、ブランケットから出てくる。

「あら」

私はその手を握り、早く治りますように……と念を送り、再びブランケットの中にしまった。

「お義兄さんが羨ましい」

ハンスお兄様の額のタオルを取り換えていると、レオンがポツリと零した。

「え、何が羨ましいの？」

「エミリアに優しくしてもらえて羨ましい。俺も優しくしてもらいたい」

少しすねたように話すレオンは、大きいのに子供みたいに見えて可愛く感じる。

「ふふ、レオンったら。レオンが病気になったときは、こうして看病してあげる。でも、レオンには元気でいてほしいわ」

「エミリアに看病してもらえるのなら、病気になっても構わない」

「ふふ、駄目よ。だって、レオンが病気になったら悲しいもの」

「それじゃあ、エミリアに優しくしてもらえない」

「うーん……あ、じゃあ、レオンにもパン粥を作ってあげるわ。それならどう？」

「手も握ってほしい」

「手？」

席を立ってレオンの手を握りに行く。

「……っ……エ、エミリア……？」

「これでいい？　でも、手なんて握ってどうす……あら？　レオンの手、少し冷たくない？」

「そうか？」

「ふふ、寒いから握ってほしかったのね？　もう、それならそうと言って。今、パン粥を作ってくるわ。温まるわよ」

そう言うと、なぜかレオンがガックリと肩を落とした。

相当寒いのね。早く作ってあげなくちゃ！

「エミリア、あちらに髪飾りの店がある。見に行ってみないか？」

「いいえ、私の物は大丈夫よ。それよりもハンスお兄様が行きたいお店に行きましょう」

翌日、ハンスお兄様の熱は下がり、二日後には元気を取り戻してくれた。

今日はこの前のお出かけを台無しにしてしまったから……と、ハンスお兄様が再び街へ行こうと誘ってくれた。

ちなみにレオンは誘ったのだけど、政務が忙しいから来ることができなかった。

すごく来たそうだったわ。ハンスお兄様と気が合うみたいだから、残念でしょうね。帰りに何かお土産を買っていってあげましょう。

「私が特に行きたい店は、お前の興味があるところだ」

私に気を遣ってくれているのかしら。

「あ、エミリア、あちらに服屋がある。新しいドレスはどうだ？」

「着飾るものは特に興味がないわ」

「でも、昔はよく新しいドレスを仕立てていただろう？」

「あれは、好きだからそうしていたわけじゃなくて、ジャック王子の婚約者っていう立場では必要なものだったからよ」

社交界では、一度身に着けたドレスやアクセサリーをもう一度別の場で身に着けることは、とても恥ずかしいことだと言われている。なので、行事ごとに新しいドレスを仕立てて、新しいアクセサリーを身に着けていたのだ。

ああ、勿体ない！

社交界に出ることがない今、新しいドレスを仕立てる必要はない。

「勿体ない……」

マリーがポツリと呟き、大きなため息を吐いた。

「マリー、どうしたの？」

「こんなにもお美しいのに、着飾らないなんて勿体ないです！」

また、始まっちゃったわ！

「だって、着飾る必要がないのだもの」

「必要がなくても、着飾るべきです。こんなにお美しいのに着飾らないのは罪ですよ！　十八歳なんて、一番お綺麗な時じゃないですか！　それなのに着飾らないなんて……」

「つ、罪って、そんな大げさな……」

「エミリア、ドレス店で新しいドレスを買って罪を償おう」

「ハンスお兄様まで!?」

「ハンス様、エミリアお嬢様は重罪なので、ドレスだけでは罪は償いきれません。どうか厳罰

を与えてください」

「エミリア、ドレスを買った後、アクセサリー店にも行って、罪を償おう」

「二人とも、私を罪人扱いするのはやめてっ！」

もう、どうしてこうなるのよ！

今日はハンスお兄様の好きなお店に行って、お兄様のことを色々知りたいと思っていたのに、なぜか私のドレスやらアクセサリーやらを買う流れになっていた。

一緒の屋敷で暮らしていても、あまり関わらないように暮らしてきたから、ハンスお兄様のことはよく知らない。

だから、今日は色々知りたかったのだけど……もしかしたら、ハンスお兄様も私と同じ気持ちなのかしら？

「エミリアの好きな色はなんだ？」

「ピンクよ」

「そうか。愛らしくて、お前にぴったりだ」

焦らなくてもいいわよね。誤解は解けたのだから、これからゆっくり兄妹として仲を深めていけばいいのだもの。

「じゃあ、店中のピンク色のドレスを見せてくれ」

「かしこまりました」

店員さんがすぐにドレスを集めてきて、私の目の前に並べる。
一、二、三…………ざっと数えただけでも、二十着はありそう。
「こちらが一番流行っている形です。胸元が大きく開いているのが、今季では流行っておりまして……」

「胸元が開いているのは駄目だ。他の者にエミリアの肌を見せたくない」

「そうですね。エミリアお嬢様には、清楚《せいそ》なものが似合います」

「ああ、その通りだ。次のを見せてくれ」

私そっちのけで、ハンスお兄様とマリーが盛り上がっているわ。

「でしたら、こちらの首元を隠したものも人気ですよ。長袖ですが、透ける素材を使っていますので重くなりすぎないと思います」

「あっ！　エミリアお嬢様にお似合いだと思います！」

「ああ、そうだな」

「濃いピンクと薄いピンクをご用意しておりますが、いかがでしょうか？」

「……どちらも似合いそうだな。エミリア、どちらが好みだ？」

「え、えぇっと？」

「お選びになれませんか？　じゃあ、両方着てみましょう！　エミリアお嬢様、お手伝いいたします」

試着室を借りて、マリーがドレスを着せてくれる。

「まあ！　よくお似合いです。既製品ですからサイズがピッタリとはいきませんが、これならすぐ直すことができそうですね」

「このままでも十分よ？」

「いえ！　腰の部分はもう少し詰めたいです。その方がエミリアお嬢様の腰のラインが綺麗に出ますので！　袖も一センチほど短くした方がよさそうですね」

こ、細かい……！

「エミリア、着れたか？」

「ええ、今出るわ」

外に出て、ハンスお兄様にドレスを見せる。

「どうかしら？　濃い方を着てみたの」

裾を持って、クルッと回ってみた。

「…………っ！」

「…………………」

「どう？」

ハンスお兄様は何も言わない。

「あの、ハンスお兄様？」

「…………あっ……ああ、すごく……すごくよく似合っている。まるで、その……は、春の妖精のようだ」

あ、お顔が真っ赤……！

ふふ、私を喜ばせようとしたけれど、照れてしまったのね。もう、慣れないことしちゃって。

「ありがとう。じゃあ、このドレスで決まり……」

「待て、まだ薄いピンクの方を着ていない。それにまだ試着してほしいドレスがたくさんある。ピンクの他にもお前に似合いそうなのがあって……」

店員さんがたくさんのドレスを持って、待機していた。顔は笑顔だけど、ドレスの重みで手がプルプルしてる。

「じょっ……冗談でしょう!?」

「大真面目だ。次は薄いピンクを着て、その次はこっちのドレスを着てみてくれ。マリー、頼んだぞ」

「かしこまりました！　さあ、エミリアお嬢様、行きましょう」

「か、勘弁して……っ！　せめて後、一、二着程度に……」

「エミリアが着替えている間に、もう少しドレスを見せてくれ」

「かしこまりました」

勘弁して…………っ！

十着を超えたあたりから、私は数えるのをやめた。

もうヘトヘトだし、喉がカラカラだったので、アクセサリーを買うのは遠慮させてもらって、ドレス店を出た後にすぐ近くの噴水のある公園へ立ち寄った。

噴水のまわりには、色とりどりの花がたくさん咲いていていてとてもいい香りがする。木陰にベンチがあったので、そこで休憩することにした。

「はー……冷たい紅茶、美味しいわ！」

以前の私では考えられない、甘くて冷たいミルクティーを一気に飲んでしまった。

魔道製品で飲み物を冷たく保つことができるため、今日のように歩きまわるときはマリーがいつも持ち歩いてくれている。前世の水筒とは違って容器自体が重いので、交代で持とうと提案しているのだけれど、マリーは受け入れてくれない。早く改良が進んで、軽くて便利な水筒になってほしいものだわ。

「マリーも一緒に座って休憩しましょうよ、冷たい紅茶が美味しいわよ」

そう声をかけても、マリーは頷いてはくれない。

「ありがとうございます。でも、大丈夫です」

マリーと私は、使用人と主……だから気を遣ってくれているのよね。でも、私にとってマリーは家族だもの。一緒に座ってお話ししたいのに……あ、そうだ！　いいこと思いついたわ。

「そうそう、ハンスお兄様、マリー。私ね、今日は二人のためにおやつを作ってきたのよ」

私はそう言うとカゴバッグから、筒と葉で包んであるおやつを取り出した。

「ほら、見て見て」

「エミリアお嬢様……その葉に包んであるものは一体なんでしょう……？」

マリーとハンスお兄様は二人ともすごく不思議そうな表情をしている。前世ではこういう包み方って映画とかで観たことあったけど、こちらの世界には馴染みがないみたいね。ちなみにどんぐりとかみたいな木の実ではないのよ。

「これはね……お米を潰して作ったお餅を丸めて作った、お団子というものなのよ」

私はそう言いながら包みを開いて、串に刺さった白いツルツルのお団子を見せた。

「エミリア、朝から何か準備していると思っていたが、これを作っていたのか」

お団子を見たことない二人は興味津々といった様子だ。

「マリー、一緒に食べてほしいから、隣に座ってちょうだい？」

そう言ってマリーを見つめると、マリーが「うっ」と声を漏らす。

「ね？　お願い！」

マリーは申し訳なさそうに、私の隣へ腰を下ろす。

「エミリアお嬢様、ずるいです。そう言われたら座るしかないじゃないですか」

マリーは少し膨れている。昔から私のお願いを聞いてくれる優しい人なのだ。

「ありがとう、マリー！　このお団子はね、この筒に入った甘じょっぱいみたらしというタレにつけて食べるのよ」

そう言うと私はお団子の刺さった串を一本手に取り、みたらしのタレがたくさん入った筒に差し込む。すっと筒から抜くと、とろ～っとしたタレがお団子に絡みついて出てくる。

ん～！　このみたらし独特の甘さと少し香ばしいしょっぱい香り、たまらない！

「いただきま～すっ！」

お団子を口に入れると、つるんとしたお餅がもちっと弾力のある歯ごたえで美味しい。朝から頑張ってお米を潰した甲斐があったわ！　そしてこの醤油の風味に甘さが加わったみたらしのタレを絡めると、何本でも食べられる気がするわ！

「ほら、マリーも食べてみて！　筒の中のたれをいっぱい絡めるのよ！」

マリーは恐る恐る口にすると、食べた瞬間ぱぁっと明るい表情になった。

「んんっ！　エミリアお嬢様、これすごく美味しいです！　甘いのにしょっぱい不思議な味で癖になりそうです！」

「ふふっ！　そうでしょう？　そうでしょう!?」

二人でキャッキャとお団子で盛り上がっていると、ハンスお兄様が思わず笑い出した。

「本当に二人は仲が良いんだな。家でも仲が良い姿は見かけていたが、城を出てから明るくなった気がする。……うん、その笑顔の方がずっと綺麗だ」

「もうハンスお兄様、からかわないで！　ほらほら、食べてみて」

ハンスお兄様も不思議そうにタレをつけて口に入れる。

「！　これは美味しい。米でおやつなんてよく考えたな。こんな食べ方があるなんて知らなかった」

「お米ってすっごく貴重だから、こんな食べ方は贅沢かな？　って思ったんだけど、今日は三人で出かける特別な日だからいいわよね」

「ああ、そうか、デュランタに呪われたから、良い作物が穫れないのだったな。でも、輸入ができるだろう？」

「おばあさまは食材を輸入しない主義なのよ。領地の人たちが自国の不味い食材を口にしているのに、自分だけ美味しいものは食べられないって」

「おばあさまらしいな」

「心配していたわ。早く連絡してあげて」

「そうだな。手紙を出すことにしよう」

「あ、そうだわ」

私はポケットに手を入れ、あるものを取り出す。

「ハンスお兄様、これ、ありがとう」

取り出したのは、ハンスお兄様が探してくれたリボンだ。

「…………！」

この反応、ハンスお兄様もちゃんと覚えていてくれたみたい。

「それは、お前が幼い頃に付けていたリボンだな。それがどうかしたのか？」

ふふ、とぼけちゃって。

「モラエナを出発するとき、おばあさまから受け取ったの。ハンスお兄様が一生懸命探してくださったって話も聞いたわ」

ハンスお兄様のお顔が、見る見るうちに赤くなる。あ、耳まで赤いわ。

「…………っ……おばあさま、内緒だとお願いしたのに……」

「嬉しかったわ。ハンスお兄様、ありがとう。大切にするわね。きっと今までも私が気付いていないだけで、色々と助けてくれていたのよね？　本当にありがとう」

「い、いや、そんな……」

照れくさいのを誤魔化すように、ハンスお兄様は紅茶ばかりをグビグビ飲む。

「……そうだ。エミリア、いつモラエナに帰る？」

「えっ」

「まさか、本当に第二王子の婚約者になるなんて言わないだろう？」

おばあさまには会いたい。でも、お父様とお母様の顔がよぎる。

レオンが言っていたように、いつまでもおばあさまの屋敷にいられるとは思えない。いつか政略結婚の道具にさせられることは間違いないはず。

どうしよう。帰りたくない……。

「……えっと、ハンスお兄様は、いつお帰りになるの？」

「私はエミリアと一緒に帰ろうと思っている。一人で移動させるのは心配だからな」

「わ、私のことは気にしなくていいわ。マリーもいるし……」

「駄目だ。女性の二人旅は何かと危険だろう」

「……少し、考えさせてほしいわ」

「わかった」

帰国のことを考えたら、胸の中が重苦しくなった。

◆◇◆

公園から出ると、ハンスお兄様がマリーに、私と二人きりで話すことがあるから、先に馬車へ戻ってほしいとお願いした。

「かしこまりました。何かあったら、お呼びください」

「ああ、ありがとう。エミリア、少し歩こう」

「ええ」

二人きりで話すことって何かしら……。

「足は痛くないか？」

「ええ、歩きやすい靴で来たから。ねえ、話したいことって何？」

「お前と二人きりになりたい口実だ。お前とこうして二人きりになったことはないからな」

「そうね……」

嫌われているから避けられていると思っていたけれど、まさか大切に想われていたなんて……あの頃の私が知ったら、驚くわね。

時計塔の鐘が鳴ると、驚いた白い鳩《はと》たちがバサバサと羽音を立てながら空に飛んでいく。空はとても青くて、広くて、飛んでいく鳩が合わさるのが綺麗で、ため息が零れた。

小さい頃から机に向かってずっと勉強していた私は、早起きをして朝焼けを見ることはあっても、こうして青空を見ようと思うことも、綺麗だと思える心の余裕もなかった。

「エミリア、どこか行きたいところはないか？　もし、あるのなら行こう」

「ううん、今日は大丈夫よ」

昔の私には、選択肢なんてなかった。

『街に行きたい？　何を言っているんだ。お前は次期王妃だぞ？　遊んでいる暇などない。そんなことを考えるということは、まだ余裕があるのだな。習い事を増やすことにしよう』

私の行動は、全て決められていたから。

――ああ、私、この自由な生活が好き。あの頃には、戻りたくない。


「エミリア、すまなかった」

「え？　いきなり、どうしたの？」

「父上と母上がお前に冷たく当たる中、私はそのことに気付いていながら、何もしてやれなかった。辛い思いをしているお前を助けてやれなかった」

レオンに言われたことを気にしているのね。

「いいのよ。気にしないで」

「……いや……嘘だ。すまない」

「え？　嘘……って、何が？」

「お前は私のせいで、酷い目に遭ったことがある」

「どういうことですか？」

「実は父上に、エミリアに辛く当たりすぎだから、もう少し優しくしてほしいと言ったことがある……」

「えっ……言ってくださったんですか!?」

自分の立場が危うくなるかもしれないのに、私のために言ってくださったなんて……どれだけ怖かっただろう。どれだけ勇気のいることだっただろう。

「……ああ、結果、お前が私に愚痴を零したと疑われた。どんなに否定しても信じてもらえなくて、結果、父上はさらにお前にきつく当たった……」

そんなことがあったなんて……。

「本当にすまなかった……」

「自分の立場が危うくなるかもしれない中、私のことを庇ってくださったのね」

そして、ずっと気にしていたのね――。

「謝る必要なんてないわ。私のことを気にかけてくださってありがとう。嬉しいわ」

「お前は優しいな……本来なら私は、お前に罵倒されてもおかしくないのに……」

「おかしいわよ。庇ってくださったのに罵倒だなんて」

というか、信じてくれないお父様が一番悪いのよ。

お父様のことを思い出したら、ムカムカしてくる。

「私は本当に役立たずだ。お前が刺されたときも、家から追い出されたときも、何もしてやれなかった……力がない自分が情けない」

「そんなことないわ。ハンスお兄様は私のために戦争に行ってくれたんじゃない！　大変だったでしょう？　本当にありがとう」

「エミリア」

次の瞬間、ハンスお兄様に抱き寄せられた。

え……！

「もう、お前に辛い思いをさせない。これからは傍で、お前を守らせてくれ」

温かい……前世でおばあちゃんやお母さんたちに抱きしめてもらったとき、こんな感じだったなぁ……。

「ありがとう。嬉しいけど、自分のことを一番に考えないと駄目よ？　無理しないって約束してね」

私はハンスお兄様を抱き返し、背中をポンポン叩いた。

「………なんだか、私が言っている意味と、お前が受け止めている意味が食い違っているような気がするのだが」

「え？」

「エミリアお嬢様！　ハンス様……！」

マリーの声だ。

振り返ると真っ青な顔をしたマリーが、息を切らせて走ってきた。

「マリー！　どうしたの？　何かあった？」

「た、大変です……い、今、デュランタの兵の方が早馬を走らせて……っ……それで……っ」

「落ち着いて。兵の方がどうしたの？」

「クローデット様のお屋敷に滞在しているお医者様から、連絡があった……と」

心臓が、ドクンと嫌な音を立てる。

「まさか、おばあさまに何かあったの!?」

「はい……クローデット様の……っ……い、意識がなく、ご危篤状態だそうです。すぐに屋敷に戻ってほしいとのことです」

「そんな、おばあさま……」

その場に崩れ落ちそうになる私を、ハンスお兄様が支えてくださった。

「エミリア、大丈夫か？」

「え、ええ……」

手が震える。本当は、大丈夫なんかじゃなかった。

「モラエナに……おばあさまのところへ帰るわ……！」

レオンはすぐに馬車と船を手配してくれて、私とハンスお兄様は最短でおばあさまの元へ帰ることができた。

レオンも付いていくと言ってくれたけれど、翌日デュランタで他国との会議があるので、一緒に来ることは叶わなかった。でも、その気持ちがとても嬉しい。

「おばあさま……！」

帰宅してすぐにおばあさまの部屋に入ると、お医者様が脈を診ていて、司祭様が祝福を与えていらっしゃるところだった。

「エミリア様、お待ちしておりました。そちらの方は……」

「私のお兄様です。おばあさまの孫です」

「そうでしたか。使用人の方たちにご家族へ連絡を取ってもらったのですが、王城でのパーティーに出席しなければならないので、そちらには行けないと……」

最悪のタイミングだわ……。

伝染病にかかったとか、親族が亡くなったなら欠席が認められる。けれど、モラエナ国の場合、王城からのパーティーの招待は絶対だ。出席しなければ、家名に傷がつく。

お父様、さぞお辛い思いをしているでしょうね。

お父様のことは嫌いだけど、大切な人の一大事に駆け付けられないことには同情する。

「なので、最後のお別れにお孫さんだけでもいらっしゃってよかった……」

「最後のお別れ……？」

目の前が真っ暗になった。

「ええ、今は祝福で辛《かろ》うじて命をとどめている状態です」

「辛うじて……じゃあ、おばあさまは、もう……わ、私が、屋敷を離れたから……」

私のせいだわ……。

目の奥が熱くなって、涙が溢れた。

「いいえ、それは違います。エミリア様がご旅行に行った後も、クローデット様はしっかり食事もとられていましたし、お元気そうに過ごされていました」

「じゃ、じゃあ、どうして……」

「老衰です。我々はある程度の病気や怪我は治すことができますが、神がお決めになった命の終わりに逆らうことはできません。ですが、大切な家族とのお別れに向けて、ほんの少し力をお貸しすることくらいは、寛大な神なら許してくれるはずだと、祝福の力で延命させていただきました」

司祭様には疲れの色が見えている。たくさんのお力を使わせてしまったのだろう。

「司祭様、ありがとうございます」

「意識はなくとも、耳は聞こえているはずです。声をかけてあげてください」

「はい……」

司祭様は祝福をやめ、後ろに下がった。

「おばあさま、エミリアよ。今、帰ったわ。ハンスお兄様も帰ってきてくれたのよ」

私はベッドの前に膝を突き、おばあさまの手を握る。その手はとても冷たくて、ああ、本当に寿命を迎えようとしているんだとわかった。

するとおばあさまが、ゆっくりと目を開けた。

「おばあさま……！」

「………ああ、エミリア、ハンスも帰ってきてくれたのね。無事でよかった……心配したのよ。怪我はしていない？」

「はい、おばあさま、ご心配をおかけしました」

「そう、よかった……最後に二人に会えて、よかったわ……オーバン様へのいいお土産話になるわ……」

オーバン……それは、おじいさまのお名前だ。

おばあさまは、これから天に召されることに気付いているのね。

「ハンス……あなたは我慢強くて、何でも自分で解決しようとする子だわ……。でも、これからは自分の気持ちに正直になって、もっと周りを頼りなさい……」

「はい、おばあさま……」

ハンスお兄様は、私と一緒におばあさまの手を握る。

おばあさまの顔をもっとちゃんと見たいのに、涙で歪んでよく見えない。

「エミリア、泣かないで。あなたには笑顔が似合うわ……ずっと、大変な思いをして生きてきた分、あなたには楽しく、幸せに生きてほしいのよ……」

「はい、おばあさま……」

「ああ……そうだわ。口紅を塗ってもらえないかしら？」

マリーがドレッサーに置いてあった口紅を渡してくれる。私は涙を拭いながら、おばあさまの唇に赤い口紅を塗った。おばあさまがいつも塗っていた色だ。

「ありがとう。久しぶりにオーバン様にお会いするから、綺麗にしたかったのよ。愛する孫に見守られて旅立てるなんて、私はなんて幸せ者なのかしら……」

おばあさまはとても幸せそうに微笑むと、そっと目を閉じ、数度呼吸をして息を引き取った。

◆◇◆

おばあさまの葬儀は、屋敷近くにある教会でしめやかに執り行われた。

泣きすぎて、目が痛い。ベールがあってよかった。酷い顔だもの。

「エミリア、大丈夫か？」

ハンスお兄様が、心配して話しかけてくれた。

「ええ……」

「思いきり泣いたら、また笑おう。おばあさまは私たちが幸せそうにしているのを見るのが、好きだった人だから」

「そうね。そうよね……」

「これからは、私がおばあさまの分も支えになる。もうお前を一人で悩ませはしない」

ハンスお兄様は私をそっと抱き寄せ、背中を撫でてくれた。

「ありがとう……」

私は一人じゃない……とても心強い言葉だった。

葬儀には親族や親交のあるたくさんの人たちが集まったけれど、カタリーナの姿はない。ちょうど王妃としての仕事があり、こちらまで来られなかったようで、大きな花だけが送られてきた。

私は会いたくなかったからちょうどよかったけれど、おばあさまはカタリーナに会いたかっただろうな……。

おばあさまの死と、後継ぎであるハンスお兄様の無事を一度に聞かされたお父様——複雑な気持ちでいっぱいでしょうね。大丈夫かしら……。

嫌いだけど、少し心配になる。

葬儀が終わると、お父様に声をかけられた。

「エミリア、お前は取りあえずここに留まりなさい。お前の次の行き先が見つかり次第、連絡するからそのつもりでいるように」

「はい……」

半年ぶりに会ったっていうのに、身体は大丈夫か？　の一言もないのね。

おばあさまと屋敷のみんなは、私がデュランタに行ったことを両親には内緒にしてくれていた。

お父様とお母様の敵国に旅行をしていた……なんて言ったら、大激怒しそうだものね。ありがたいわ。

ハンスお兄様は、お父様とお母様と一緒に王都の別邸に戻ることになった。また、後継ぎ教育が再開されるのだろう。

私はおばあさまのいなくなった屋敷で、悲しみから抜け出せないまま、ぼんやりと過ごしていた。

夜になっても、なかなか眠れない。

そうだわ。レオンに手紙を出そう。次はいつ会えるかしら……。

私はベッドから出て、机に向かった。

レオンへの手紙を書きながら、お父様に言われたことを思い出す。

お前の次の行き先が見つかり次第、連絡する……って言ったわよね？　療養先じゃなくて、行き先——？

血の気が引く。

「……っ」

親族の誰かの屋敷に送られるのではなくて、誰かと結婚させようとしている……とか？

深読みしすぎ？　でも、ありえない話じゃないし、いつかはそうさせられる。

結婚じゃなかったとしてもここ以外の場所なら、デュランタへ行くどころか、好きな料理だってできないはずだわ。

お父様の親族は、おばあさま以外は気難しい方ばかり。お母様の親族もそうだ。また、実家にいるときのような生活に戻るなんて嫌だ。

ペンからインクが垂れて、書きかけの手紙が駄目になった。

「……っ」

息苦しくて、胸が詰まる。

耐えられなくて外に出ると、馬車の音が近づいてくる。

こんな時間に、馬車が走っているの？

王都だと珍しくないけれど、ここは田舎だ。夜中に馬車が走ることは滅多にない。

すると屋敷の前に、一台の馬車が停まった。

え、うちに？

物陰に隠れながら馬車を確かめると、家門も何もついていない。不審に思っていると、御者が扉を開く。

出てきたのは、レオンだった。

嘘……！

「レオン！」

レオンがビクッと身体を揺らした。

そうよね。こんな夜中に物陰からいきなり飛び出したんだもの。驚くのは当然よね。

「エミリア？　こんな夜中にどうしたんだ？」

「私は眠れなくて散歩に……」

「こんな夜中に危ないだろ。マリーは？」

「もう、とっくに休んでるわ。外に出るわけじゃないし、危なくないから大丈夫よ」

レオンの顔を見たら、なんだかホッとする。ずっと張りつめていた心が、柔らかく綻ぶのを感じた。

「レオンこそ、どうしてモラエナに？　こんな夜中に来るなんて驚いたわ」

「いや、さっき到着したから、今日は街に宿を取るつもりで、訪ねるつもりはなかったんだ。

みんな眠っているだろうしな」

「でも、来てるじゃない？」

「それは、その……顔が見れなくてもいいから、エミリアの近くに行きたかったんだ」

レオンの顔が、少し赤くなるのがわかった。

何、かしら……。

心臓の辺りが、キュウッとなる。

「今、マダム・クローデットのお墓にも挨拶をしてきたところだ」

「えっ！　真夜中なのに!?　怖くないの!?」

「ああ、大丈夫だ。隣にエミリアのおじいさんのお墓もあったから、酒のお礼もしてきた」

「おじいさまにまで……レオン、ありがとう。おじいさまとおばあさま、きっと今頃二人でレオンにお礼を言っているはずよ」

「そうか……それで、エミリア、大丈夫か？」

「……ええ、まだ悲しいけど、ちゃんと立ち直らないとね。おばあさまが心配するもの」

「ああ、そうだな」

おばあさまのこともまだ辛い。でも、原因はそれだけじゃない。この自由な生活の終わりが見えていることもだ。

「レオン、お墓参りのためにモラエナに来てくれたの？　ありがとう」

「いや、目的はそれだけじゃない。エミリアを迎えに来た」

「えっ！　私を？」

「ああ、エミリアは俺の婚約者だからな。連れて帰るのは、当然のことだ」

「もう、まだ、そんなこと言って……」

するとレオンは、私の手を握った。

「！　レオン？」

真っ直ぐに見つめられ、心臓が大きく跳ね上がった。

「エミリア、俺と一緒にデュランタに帰ろう」

もしかしてレオンは、私が窮地に陥っていることに気付いているのかしら。

「……私も、デュランタに行きたいわ。……実はね、前にレオンが予想した通り、お父様が私を結婚させようとしている気がするの」

「そう言われたのか？」

「ううん、ハッキリ言われたわけじゃないのだけど……そんな気がして。もし、勘違いだったとしても、私はここを離れて別の親族の家にお世話になることになりそうで……そうなったら、もうここで過ごしていたような自由はないわ。デュランタにも、もう行けないかもしれない……」

怖い――。

自分の心を殺して生きるのは、もう嫌だ。

「俺の婚約者になればいい。そうすれば、どこにだって連れていってやれる」

「……っ」

でも、だからって、大切な人の人生を犠牲にして生きるのも嫌だ。

『でも』とか『だから』ばかりで呆《あき》れてしまう。私に力がないせいで……。

「嫌だと言われても、俺は諦めるつもりはない。行かないと言うのなら攫《さら》うぞ」

真剣な顔で言うものだから、笑ってしまう。

「レオン、ありがとう」

レオンの人生を犠牲にするわけにはいかない。だから――。

「私、自由を奪われるのは嫌……でも、誰かの人生を犠牲にしてまで、自分の希望を叶えるのも嫌なの」

「俺は犠牲になんて……」

「だからね、協力してほしいの。私、一人で生きていけるように力をつけるわ。でも、モラエナでは強い力で邪魔されて、それは叶わないと思うの。だから、他の国で生きていきたい。私に力がつくまで、レオンの傍にいさせてもらえないかしら」

「いや、ずっと傍にいてほしいのだが」

レオンは冗談混じりに了承してくれた。

「レオン、ありがとう」

これで嫁がされることも、親族の家に送られることもないのね……。

ホッとしたら、足から力が抜けてその場に座り込んでしまう。

「エミリア！　大丈夫か？」

「だ、大丈夫……緊張していたから……あっ」

身体がふわりと浮き上がる。レオンが私を横抱きにしていたのだった。

お姫様抱っこ……！

「レオン、私、自分で歩けるから！」

「気にするな」

気にするわよ……！

レオンにはおばあさまのお屋敷で一泊してもらって、翌日――私はマリーを連れて、レオンと一緒にデュランタの船に乗っていた。

甲板から遠くなっていくモラエナを見ていると、レオンがやってきた。

「エミリア、寒くないか？」

「ええ、大丈夫よ」

「そうか。……今さらだが、本当にご両親に挨拶していかなくていいのか？」

「ええ、会いたくないの。挨拶しても罵倒されて、嫌な思いをするだけだもの。一応、デュランタから手紙を出すわ」

ハンスお兄様には、また心配をかけてしまうわね……お父様とお母様よりも先に、ハンスお兄様に手紙を書かないとね。

「そうか。嫌な思いはさせたくないし、まあ、俺からの挨拶は、正式に婚約式の日取りが決まってからでも遅くないか」

レオンが何か小さな声で言ったけれど、波の音にかき消されて聞こえなかった。

「ごめんなさい。波の音で聞こえなくて……」

「いや、なんでもない」

昨日まで感じていた息苦しさは、嘘みたいに消えた。

レオンのおかげね。

昨日、レオンに手を握られたときのこと、そして抱き上げられたときのことを、私はなぜか昨日から何度も思い出していた。

変ね……私、どうして何度も思い出してしまうのかしら。

◆◇◆

デュランタ国に戻ってきた私は、すぐにハンスお兄様とお父様に手紙を書くことにした。

ハンスお兄様への手紙、ちゃんとお兄様の手元に届くかしら。お父様が手を回して、私からの手紙は、没収されてしまうかもしれないわよね。だとしたら、お父様が中身を確認する。下手なことは書けないわ。

『お兄様へ　私はデュランタ国に行くことにしました。心配しないでください。エミリア』

当たり障りのないこと……ってなったら、すっごく短くなっちゃったわ。次はお父様ね。

『お父様へ　幼い頃から頑張り続けて疲れました。もうこれ以上、自分の気持ちを殺して生きていくのは嫌なので、モラエナを出て、別の国で暮らすことにします。今はデュランタ国に滞在しています。家には迷惑をかけずに暮らしていきますので、私のことは死んだと思ってください。それでは、お元気で。エミリア』

こんな感じかしら。

アンヌさんにも手紙を出したいけど、デュランタから送るってことは、それなりにリスクがある。

お父様とお兄様は公爵家の力でなんとかできても、彼女は一般市民だ。王家からデュランタのスパイ容疑なんてかけられたら大変だもの。不義理をすることになるけど、こちらから連絡はとれないわ。

「マリー、この手紙を出す手続きを取ってきてもらえる？」

「かしこまりました」

手紙をマリーにお願いして、マリーが出ていくと同時に私は机に突っ伏した。

おばあさま……。

思い出したら、涙が出てくる。

前世のお父さんとお母さんが死んだときも、すごく辛かった。大切な人が亡くなるのは、何度経験しても慣れない。

早く元気にならないと……。

今日はいい天気だし、お庭を散歩させてもらうのもいいかも。

そう思いながらもなかなか顔を上げられずにいると、扉をノックする音が聞こえた。

「どうぞ」

急いで涙を拭って、返事をする。入ってきたのは、レオンだった。手には綺麗にラッピングされた箱を持っている。

「あ、レオン、どうしたの？」

「エミリアがどうしているか、気になって……泣いていたのか？」

「ううん、あくびしただけよ」

笑顔を作るけど、上手く口元が動かせない。

「無理しなくていい。辛いんだろ？」

心配をかけたくなかったから誤魔化したけど、レオンにはお見通しなのね。

「ありがとう。早く元気にならないといけないのに、なかなか立ち直れなくて」

「早くなくても、いいんじゃないか？」

「え？」

「身体に傷がついたときって、早く治そうと思っても無理だろ？　心だってそうじゃないか？　我慢せずに泣いて、悲しんで、ゆっくり立ち直っていけばいいよ」

そっか、焦らなくてもいいのよね。

「ありがとう。レオン……」

重かった心や身体が、スッと楽になるのを感じた。

「気にするな」

レオンはラッピングされた箱を私に差し出す。

「え、これ、私に？」

「ああ、エミリアに何かプレゼントしたくて、街に出て買ってきた。気に入ってくれるといいんだが」

私を元気づけるためよね？　政務で忙しいのに、わざわざ街に行って選んでくれたのね。

レオンの気持ちがとても嬉しい。

「レオン、ありがとう。嬉しいわ！　開けてもいい？」

「もちろん」

何が入っているのかしら！

ワクワクしながらラッピングをとって箱を開けると、色んな形のクッキーの型が入っていた。

「わあ！　クッキーの型だわ！」

「色々迷ったんだが、調理系のものが一番喜んでもらえるんじゃないかと思って」

「ええ、とても嬉しいわ！　これはうさぎで、こっちは犬で、これは……え？　何かしら？

カンガルー？　ふふ、全部可愛いわ」

「喜んでもらえてよかった」

「本当に嬉しいわ。大事にするわね」

こんな可愛い型を見たら、我慢できないわ。今すぐ作りたくなっちゃう。

「ねえ、レオン、私、これからクッキーを作るわ。焼けたらお茶にしない？」

「ああ、いいな。天気もいいし、外でお茶にしよう」

「素敵！　じゃあ、焼けたら声をかけるわね」

私はレオンと別れ、キッチンに向かった。

お菓子作りはグラム数を正確に測らないと失敗するんだけど、クッキーだけはかなりの回数作っているから測らなくても感覚で作ることができるのよね。

まずはオーブンを百八十度に温めておく。この温度になるまでって、結構時間がかかるから大事！

そしてバターをクリーム状になるまで練って、砂糖を入れて混ぜる。白くなってきたらそこに卵黄を数回に分けて入れて合わせ、最後に小麦粉を入れて混ぜたら……基本の生地の完成！

三つの味を作る予定だから、生地を三つに分ける。

一つ目はそのままのプレーン生地、二つ目はココアパウダーと刻んだチョコを混ぜてチョコチップココアの生地に、三つ目は塩を一つまみ入れて、刻んだアーモンドとくるみを混ぜて甘じょっぱい木の実の生地にした。

「エミリアお嬢様、こちらにいらっしゃいましたか」

「あ、黙って来ちゃってごめんなさい。書き置きをしてくればよかったわね」

クッキーのことで頭がいっぱいになっちゃっていたわ。

「大丈夫ですよ。エミリアお嬢様がお部屋にいないときは、キッチンに行けばたいていお姿を見つけることができますので」

「ふふ、私の行動はお見通しなのね」

「当然です。私もお手伝いします。何をすればよろしいでしょうか」

マリーは手伝ってくれる気満々で、私がお願いするよりも先に手を洗っている。

「今ね、クッキーを作っているの。生地は作ったから、型抜きを手伝ってくれる？」

「かしこまりました。わあ、可愛らしい型がたくさん！　キッチンにあったものですか？」

「レオンがプレゼントしてくれたの。クッキーが焼けたら、お庭でお茶会をする約束をしているのよ」

「まあ、素敵ですね！」

マリーと一緒に、レオンからプレゼントしてもらった型で、次々抜いていく。

犬、猫、カンガルー、魚、ハート、星……ふふ、可愛いし、楽しい。

油を塗った鉄板に生地を並べてオーブンの中に入れ、焼いている間にまた型を抜いていく。

甘くて、いい香りがしてきた。

「わあ、いい香りですね」

「そうね。幸せの香りって感じ」

何度も深呼吸して、香りを堪能する。

オーブンに入れて、十二分……そろそろいいかしら。

中を確かめると、ちょうどいい焼き色になっていた。焼けたクッキーを取り出して、待機させておいた型抜きが終わった生地を並べた鉄板をオーブンに入れる。それの繰り返しで、全てのクッキーを焼き終えた。

だ。

「さて、味見しましょうか」

「えっ！　いいのですか？」

「もちろん、焼き立てを食べられるのは、作った人の特権だものね。熱いから気をつけてね」

冷めるとサクサクのクッキーは、焼き立てだと柔らかくて、持ち上げるだけで崩れるくらいだ。

私はプレーン、マリーはチョコレートを選んで口に運ぶ。

口に入れると熱いクッキーがほろりと崩れて、口いっぱいにバターの風味が広がる。

「んん！　すごい……っ！　とっても美味しいです。焼き立てのクッキーって、こんなに美味しいのですね！」

「美味しいわよね。幸せの香りに幸せの味！　たくさん焼いたから、マリーもたくさん食べてね」

「ええっ！　いただいていいのですか？」

「当然よ。そうだわ。マリーも私たちと一緒にお茶しましょうよ」

「ありがとうございます。ですが、お二人のお邪魔をしたくないので、遠慮させていただきますね。ご用意をお手伝いしましたら、下がらせていただきます」

あ、そうだわ。誤解を解いておきましょう。マリーはショックを受けるだろうけど、仕方がないわ。

「あのね、マリー……実は私たち、そういう仲じゃないのよ」

マリーは目を丸くし、すぐにクスクス笑い出す。

え、どうして笑うの？

「恥ずかしがっていらっしゃるのですね。ふふ、お可愛らしい」

ええー……っ！

「いやいや、本当に違うのよ！　レオンは私を助け……」

「さあさあ、せっかくのクッキーが冷めてしまいますよ。お茶もご用意しますね」

「だから……」

何度本当のことを言おうとしても、マリーは全然相手にしてくれなかった。

◆
◇
◆

城の侍女たちにも手伝ってもらって庭にテーブルをセッティングして、レオンを呼んでお茶会を始めた。

レオンが最初に選んで口にしたのは、木の実のクッキーだった。

「ん、すごく美味い。甘じょっぱいクッキーは初めて食べた」

「少しだけ塩を入れてあるの。前世で塩キャラメルってあったじゃない？」

「ああ、あったな」

「あれを初めて食べたときにね、思いついて作ってみたのよ。そうしたら、すごく美味しくて！」

「確かに甘い物としょっぱいものの相性はいいよな。スイカにも塩をかけて食べるし、メロンにも生ハムを載せて食べる人がいるし」

「生ハムメロン！　憧れてたけれど、一度も食べたことがないわ」

「今度やってみるか」

「わー！　ぜひぜひ試してみたいわ」

盛り上がっていたら、小さい女の子がこちらに向かって走ってきた。

「姫様！　アンネリーゼ姫様！　走ってはいけません！　また具合が悪くなってしまいますよ！」

後ろから追いかけてきた女の人の言うことを聞かず、女の子は走り続ける。

姫様？　あ、第一王女のアンネリーゼ姫かしら？　国王夫妻の子供で、レオンとお母様違いの妹だわ。私が勉強してたときは二歳だったから、今は五歳のはず。じゃあ、追いかけているのは侍女ね。

「リーゼ、何をしてるんだ？」

リーゼ……アンネリーゼの愛称ね。やっぱりこの子は、アンネリーゼ姫だったのね。

レオンは立ち上がって、アンネリーゼ姫を抱き上げた。

うわぁ……可愛い！

髪の毛の色はブルネットで、瞳の色は青……王妃様と同じだ。小さい王妃様みたいだわ。

「レオンおにいさま！」

声まで可愛いわ！　天は二物を与えないっていうけど、嘘だったのね！

「リーゼ、熱は下がったのか？」

「うんっ！　でも、カミラがちょっとしかお外に出ちゃだめって言うのよ。カミラはいじわるだわ」

カミラというのは、アンネリーゼ姫の侍女のようだ。姫はレオンにしがみつくと、涙目でカミラを睨む。

「ア、アンネリーゼ姫〜……」

カミラさんがショックを受けて、涙目になる。

「カミラは意地悪をしているんじゃなくて、リーゼを心配しているんだよ。お前は身体が弱くて、無理をするとすぐに具合が悪くなってしまうからね。病み上がりならなおのことだ」

アンネリーゼ姫は頬を膨らませて、黙ってしまう。

そうよね。この年頃なら、部屋で大人しくしていなさいっていうのは辛いはずだわ。

すると彼女は私の方に顔を向ける。大きな瞳と目が合った。

「……天使さま？」

「えっ？」

あ、金髪だからかしら。天使の絵は、金髪がほとんどだものね。

「天使のように美しいが、その人は人間で、いずれ俺の奥さんになってくれる人だ」

「ちょ、ちょっと、レオン！」

「レオンおにいさまの、おくさん……？　わたしのおねえさま？」

アンネリーゼ姫の目が、キラキラ輝く。

「あの、私は……」

「そうだ。お義姉様《ねえさま》になる人だ」

「レオン！」

「わぁぁぁ……！　おねえさまっ！」

アンネリーゼ姫の目が、さらに輝いた。

どうするのよ！　信じちゃったわよ……！

「初めまして、アンネリーゼ姫、私はモラエナ国のラクール公爵家の長女、エミリアと申します」

ドレスの裾をつまんで左足を下げ、右膝を軽く曲げて挨拶をする。

「リーゼ、ご挨拶を」

「はいっ！」

レオンから降りたアンネリーゼ姫は、私と同じく挨拶をしてくれる。

「デュランタ国第一王女、アンネリーゼ・リースフェルトです。リーゼってよんでください。エミリアおねえさま」

かっ……可愛い……！　エミリアおねえさまですって！　いやぁ！　天使……っ！

………じゃなくて！　完全に誤解されちゃってるわ！

「リーゼ姫？　私はレオン……王子の奥さんではなくてですね」

「これから婚約をするから、婚約者だな。奥さんになってくれるのは、もう少し後だ」

「こんやく？」

リーゼ姫が首を傾げる。

「結婚の約束をすることだ。本当ならすぐ結婚したいんだけど、俺たちの場合立場上そうもいかない」

「もう、レオン……！」

婚約をしないということになったら、リーゼ姫を戸惑わせてしまうかもしれない。

ちゃんと否定しておかないと……！

「クッキー……」

リーゼ姫の大きな瞳が、テーブルの上のクッキーを見ている。

「もしよろしければ、召し上がりますか？」

「うんっ！　チョコのがいい！」

可愛い……！

「じゃあ、毒検知の魔道製品を用意してから……」

と思ったのに、リーゼ姫はもう手に取ってクッキーを食べていた。

「おいひぃ……」

可愛い……っ！

「お口に合ってよかったです。もしよければ、たくさん召し上がってくださいね」

「い、いいの？」

「ええ、もちろんです」

小さい口でクッキーを食べる姿は小動物のようで、とっても可愛い。

前世で一緒に暮らしてたハムスターのハムも、こうやってちっちゃい口で食べてたっけ。ふふ、可愛い。

「このクッキーは、エミリアが作ったんだよ」

「えっ！　エミリアおねえさまが？」

「すごいだろ？」

「うんっ！　すごい。エミリアおねえさま、すごい！　ケーキも作れる？」

リーゼ姫が期待で瞳を輝かせる。

ああっ！　可愛い！　なでなでしたいけど、一国の姫を撫でるわけにはいかないのが悲しい。

「はい、作れますよ」

「うわぁっ！　すごいっ！」

「今度お作りしましょうか？」

「本当!?」

「はい」

可愛い――……っ！

「チョコレートのケーキ、作ってくれる？」

チョコがお好きなのね。

「ええ、もちろんです」

「ありがとうっ！　エミリアおねえさま、大好きっ！」

リーゼ姫に抱きつかれ、あまりにキュンとして第二の人生も心停止によって終わりを迎えるところだった。

危ない、危ない……！

「エミリアおねえさま、はやくレオンおにいさまとけっこんしてねっ！」

あまりの愛らしさに、危なく頷くところだった。

「アンネリーゼ姫、そろそろお部屋に戻りませんと」

「いやっ！　まだ、レオンおにいさまとエミリアおねえさまとクッキーたべるっ！　くっしゅん！」

あ、くしゃみまで可愛い！　……じゃなくて、今日は暖かい方だと思うのだけど、寒いのかしら？

「ほら！　風邪をぶりかえしてしまいますよ。またお熱が出たら大変です」

「いやぁ……っ！」

リーゼ姫が泣き出してしまい、カミラさんがオロオロし出す。

「ひ、姫様、泣かないでください～……！」

「リーゼ、カミラの言うことを聞かないとダメだ」

「やなんだもん。もっとクッキーたべるっ！」

なんだか少し、顔が赤い気がする。病み上がりは本当に体調を崩しやすいもの。早くお部屋に戻っていただいて、休ませてあげないと。

私はこちらにクッキーを運ぶのに使ったバスケットに、たくさんクッキーを入れてリーゼ姫に渡す。

「リーゼ姫、こちらをどうぞ。リーゼ姫がもっと元気になったら、一緒にお茶をしていただけますか？　私、チョコレートケーキを焼きます」

「………ほんとう？」

「ええ、本当です。約束しましょう」

「うん……」

リーゼ姫はバスケットを受け取り、何度も振り返って手を振りながら城の中へ戻っていった。

再び私たちはテーブルに着いて、冷めてしまったお茶を淹れ直す。

「エミリア、すまない」

「いいえ、とっても可愛かったわ。あんな可愛い妹がいて羨ましい」

本当に羨ましい！　私の妹は姉を殺そうとする悪魔みたいな恐ろしい子だもの！

今頃カタリーナは、どうしているのかしら。

カタリーナのことを思い出したら、ちょっと暗くなってしまう。

「そうだな。前世ではいい兄弟に恵まれなかったが、今はすごく恵まれていると思う。死んだ兄もいい人だった」

前世のレオンの兄弟……恵まれなかったってことは、あんまり関係がよくなかったのね。

「レオンの前世の兄弟は……」

話題に出すことで、レオンを傷つけてしまうかもしれないわよね。

「うん？」

「あっ……ううん、なんでもない」

「もしかして、気を遣ってくれてるのか？」

バレちゃった。レオンは鋭いわ。

「……ええ、聞いたら嫌かなって思って」

「エミリアになら何を聞かれても嫌じゃない」

本当かしら？

レオンの表情を見ると、無理をしているようには見えない。聞いてみて、少しでも辛そうに見えたらそこでやめよう。

「じゃあ……えっと、前世のレオンの兄弟って、あんまりいい人じゃなかったの？」

「ああ、最悪だな。クラスは違ったけど、宮川弘樹っていう男がいたのを知っているか？」

「ええ、覚えているわ」

「あれは俺の腹違いの兄だ。まあ、兄と言っても、誕生日が二か月早いだけなんだが。父親が政治家で有名人だったから、結構噂になってたはずだけど、聞いたことないか？」

「あるわ。でも、噂ってあてにならないから、嘘なんじゃないかしらって思っていたの」

「エミリアらしいな。そういうところもすごく好きだ」

「……っ」

そういう意味じゃないってわかっていても、ドキッとしてしまう。

この調子じゃ勘違いした人は、一人や二人じゃ済まないはずだ。

レオンったら、罪作りな人ね！

「俺は愛人の子供だから、苗字《みようじ》が違うんだ」

そうよね。宮川くんと高町くんだものね。

「俺の母親は弘樹の母親を目《め》の敵《かたき》にしていて、あの学校に入学させられたのも弘樹が入るっていう話を聞いたからなんだ。弘樹に負けるなってさ」

「そうだったのね……」

「俺は弘樹と張り合うなんてごめんだったから断ったんだけど、あの学校以外は学費を出さないって言われたから、仕方なく受験したんだ。気乗りしなかったけど、北条に会えたから行ってよかったよ」

「私も高町くんに会えてよかったわ」

ニコッと笑うと、レオンも笑ってくれる。

「当然だけど弘樹には目の敵にされていて、北条と初めて会った日も持ってきた昼食をあいつに捨てられて、購買で買い直すのも面倒だなーと思ってジュースだけ買って飲んでたら、高町が話しかけてくれて、弁当を分けてくれたんだ」

「そういう理由だったの!?　昼食を捨てるなんて許せない！」

思わず声を荒らげてしまうと、レオンがククッと笑った。

あ、私、つい……。

「でも、そのおかげで高町と知り合うキッカケになったからな。高町の分けてくれた弁当、すごく美味しかった。家は父親から金をもらえていたから裕福で、お手伝いさんを雇って食事も作ってもらってたんだけど、その料理と全然違ってさ。すごくあったかい味がした。ああ、ご飯ってこんなに美味しかったんだって感動したよ」

「ありがとう！　嬉しいわ」

母親違いのお兄さんと張り合わされて、そのお兄さんに嫌がらせをされて……高町くんは大変な人生を送っていたのね。

「また、この世界で会えてよかった」

「ええ、本当に」

「エミリア、俺は……」

レオンがテーブルに置いていた私の手に、自分の手を重ねる。

「レオン様！」

そのとき、デニスさんが急いでこちらに走ってきた。

「あ……もしかして、お邪魔でしたか？　もしかしてというか、かなりお邪魔でしたか？」

「ああ、すごくな」

「申し訳ございません。ですが、国王がお呼びです。至急相談したいことがあるので、政務室までお越しいただきたいと」

至急相談したいこと？　一体何かしら。

「わかった。エミリア、せっかく作ってくれたのにすまない。後でまた貰っていいか？」

「ええ、もちろんよ」

レオンは何度も振り返りながら、城へ戻っていった。

「ふふ、リーゼ姫とそっくり」

微笑ましくて、私はクッキーを食べながら口元を綻ばせた。

「エミリア、ちょっといいか？」

お茶会をした日の夜、キッチンで夕食を作っているとレオンがやってきた。

「レオン、どうしたの？」

「さっきは急に抜けてすまなかった」

「ううん、気にしないで。国王様とのお話は大丈夫だった？」

「それなんだが、モラエナが和平交渉を申し出てきた」

「えっ!?」

思わず持っていたりんごから手を離すと、レオンが受け止めてくれる。

毒殺をしかけておいて、モラエナの方から和平交渉を申し出てきた？　そんな立場じゃないでしょう！　どれだけ面の皮が厚いの!?

「モラエナ国出身の私が言うのもアレだけど、前の和平交渉の場で毒殺をしかけてきたくせに、図々《ずうずう》しすぎるわよね。調子に乗っているのじゃないかしら」

「ああ、父上に呼ばれたのは、俺の意思に任せると言われたからなんだ。毒殺されかけた本人だから、俺が嫌なら拒否するから考えろと……」

「当然お断りよね！」

国民には申し訳ないけど、あまりにもモラエナ王家のやり方は許せない。

「いや、受け入れようと思っている」

「ええっ!? どうして？」

「和平交渉に持っていった方が、エミリアとの結婚の話を円滑に進められると思って」

「もう、また、そんなことを言って……ねえ、無事に締結すれば、モラエナにかけた呪いも解くことになるのかしら」

「ああ、そういうことになるな」

結婚の話は置いておくとして、結局は私のためなのよね。私がモラエナ出身だから、きっと気を遣ってくれているのだわ。

レオンは本当に優しい人……。

モラエナ王家のことはともかく、国民たちには何も罪がないもの。和平条約を結んでもらえるのは素直に嬉しい。

「モラエナを許してくれて、ありがとう。レオン」

「悪いのはジャック王子だからな。……あいつ、エミリアの婚約者の座にのうのうと収まっていた上、俺の知らないエミリアの小さい頃からを見てきたなんて……万死に値する」

「ふふ、もう、レオンったら」

私が気にしないように、ふざけてくれているのね。

◆◇◆

レオンの返事で一か月後に和平交渉の儀が、デュランタ国で行われることになった。

交渉の儀の後は、両国の臣下たちを集めて盛大なパーティーが開かれることになり、私も出席することになった。

ラクール公爵家も出席するはずなので、多分お父様もいらっしゃるでしょうね。

体裁を最も大切にしているお父様だから、さすがに人前で私を怒るようなことはしないはず。

でも、なるべく顔を合わせたくないわ。避けて通ることにしましょう。

さすがにジャック王子は国に残ると思っていたのに、なんとまた来るらしい。

しかも、妃であるカタリーナまで来るらしい。

何か起こらない……わよね？

以前事を仕出かしたジャック王子には十分監視が付けられるはずだし、またレオンが危険な目に遭うことはないと思う。

でも、どうしてだろう。胸騒ぎが止まらない。

「エミリアお嬢様、和平交渉のパーティーでは、どのドレスをお召しになりますか？」

「そうねぇ……」

こちらでも何らかのパーティーに出席する可能性を考えて、色々持ってきた。私が意識不明になる前に買った三年前のものだけど、マリーが全部直してくれたから問題なく着ることができる。

かなりの枚数だったし、大変だったでしょうね……マリーの優しさに頭が上がらないわ。

「パーティーだなんて久しぶりですね！　腕が鳴ります！　さあ、どちらにいたしますか？　新しく仕立て直します!?」

「駄目よ。家出もしたわけだし、これからは節約しないとね」

おばあさまは私に、自分が亡くなった後に私が不自由しないように……と、多額のお金を用意してくれていた。

モラエナを出発する前にアシルが手渡してくれて驚いた。私がいつかラクール公爵家から逃げることを予測していたのかしら。

一人で生活できるようになるまで、このお金は大切に使わなくちゃ……！

「でも、これから王子妃になるのではないですか」

そうだわ。これを機に誤解を解いておきましょう。

「あのね、マリー……」

口を開いたそのとき、扉をノックする音が聞こえた。

「はい、どうぞ？」

「失礼します」

扉を開けたのは、デニスさんだった。そして、たくさんの箱を持ったレオンが入ってくる。

「え、レオン？　どうしたの？」

「和平交渉のパーティーで、エミリアに着てほしいと思って揃えてきた。受け取ってもらえるか？」

「えっ！　いいの？　ありがとう。開けてもいい？」

「ああ、見てみてくれ」

一番大きな箱のラッピングのリボンを解いて、中を開ける。

「わあ……っ！」

中に入っていたのは、ピンク色のドレスだった。薄いピンク色の生地に色とりどりの布でできた花やリボンがたくさん縫い付けられている。

「まあ！　まるで春の妖精のようなドレスですね。エミリアお嬢様にピッタリですわ」

「素敵だわ。レオン、ありがとう。私の好きな色がピンクだって、マリーから聞いたの？」

「いえ、私はお伝えしていませんよ」

「そうだったのか？　俺はエミリアに一番似合いそうな色はピンクだなと思って選んだだけだ。でも、好きな色ならよかった。他も開けてみてくれ。靴とアクセサリーもある」

「ええ、楽しみっ！」

小さい箱を開けると、髪飾りとアクセサリーだった。ドレスに付いた花とお揃いの髪飾りとネックレス、それに大きなダイヤのイヤリングが入っていた。

「綺麗……でも、こんな贅沢な品、いただいていいの？」

「ああ、エミリアのために用意したものだから、エミリアに貰ってもらえなかったらずっと俺の部屋の片隅に置いておくことになる」

「レオン様、本当に一生懸命ご用意されたんですよ。箱だって僕が持ちますよって言ったのに、ご自分が持つんだって聞かないんですから。渡す前から、すっごくソワソワしちゃって。まるで子供みたいでしょう？」

レオン、そんなに一生懸命選んでくれたのね。

胸の中が温かくて、くすぐったい。

「デニス、格好悪いことを告げ口するな。もっと俺の株が上がりそうなことを言えといつも言ってるだろ」

「レオン様、知らないんですか？　女性は外見と内面の差が激しいほど、キュンとするそうですよ」

「嘘を吐くな」

「酷い！　僕、嘘なんて吐いてませんよ。ふっ……ふふ」

「ニヤニヤしながら言う奴の言うことなんて信じられるか」

「レオン、ありがとう。一生懸命選んでくれて嬉しいわ。大切にするわね」

「ああ、俺も気に入ってもらえて嬉しい。そっちの中ぐらいの箱も開けてみてくれ」

「ええ」

中ぐらいの箱を開けると、シルバー色の靴が入っていた。たくさんの宝石がふんだんにちりばめられていて、キラキラ輝いている。

「何て素敵なのかしら……」

「パーティー当日、それを身に着けたエミリアをエスコートできるのを楽しみにしてる」

「エスコートしてくれるの？」

「ああ、俺のこと、パートナーにしてくれるだろ？　してくれないって言っても、強引になるつもりだけど」

「ふふ、言わないわ。ありがとう。レオン、よろしくね」

ジャック王子以外の人が、パートナーになってくれるのは初めてだわ。

何か起こるような予感がして不安だったけど、レオンがくれたこのドレスを着て、レオンと一緒にいれば大丈夫な気がしてきた。

◆◇◆

とうとう和平交渉の儀が行われる日が来た。

朝から城中、いや街中がそわそわしている……そうよね、前回の和平の儀ではあのようなことがあったのだもの。レオンも何日も前から準備していて寝不足が続いていた。

でも私にはお手伝いできることなんてない……いや、ある！　あった！　必勝祈願も込めて、朝ご飯を作って届けよう！

そうと決まればキッチンに行き、何を作るか考える。

「卵、はある……それと豚肉。そしてパンにキャベツやレタス類……そうだわ、サンドイッチにしましょう。それなら準備しながら片手で食べられるし！　豚肉もあるから、とんかつを揚げてかつサンド！」

メニューが決まればこっちのものだ。とんかつにかけるソースを作っていく。デュランタが輸入した中濃ソースに似たスパイシーな調味料がある。前世と少しだけ味が違うけど、ほとんど同じ。それに砂糖を加えてコクを出しつつ、前世のとんかつソースに近づける。

ジュゥ〜といい香り！　この揚げ物の香りってどうしてお腹が空くのかしら！

とんかつを揚げながら卵を茹でる。そして、自家製マヨネーズに少しマスタードを入れて一癖加えた卵ペーストを作って、と。

パンにバターを塗って、ソースをたっぷりかけたとんかつと千切りキャベツを挟んだサンドイッチ。そして卵ペーストとレタスのサンドイッチ。食べやすいように一つずつキッチンペーパーのような光沢のある紙で包み、バスケットに詰め込む。

するとキッチンにレオンがやってきた。ナイスタイミング！

「ちょうどよかった！　レオンに逢《あ》いに行こうと思ってたのよ」

「あぁ、俺もエミリアに逢いに来たんだ」

レオンは緊張した様子、そうよね……緊張するわよね。

「私、レオンに朝食作ったの！　食欲がなくても、忙しくても合間に食べられるようにサンドイッチ！　とんかつを挟んだから、きっと元気が出るわ！　試験に勝つ！　……なんてねっ！」

「えっ！　かつサンド、懐かしいな……エミリアは本当に優しいな、ありがとう。顔を見たら元気が出てきた。行ってくる」

そう言うとレオンはバスケットを受け取り、私の頭を数回撫でて部屋へ戻っていった。

「いってらっしゃい！」

少しでも元気にできたらな、食べて笑顔になってくれたならいいな……。

何か起こるんじゃないか不安だったが、和平の会議は王城内にある神殿の中で大神官の立ち会いの下、両国の王族と重臣で無事済ませることができて、予定通りパーティーが開かれることになった。

レオンが迎えに来てくれる予定なので、用意を整えて部屋で待っていると、約束の時間通り扉をノックする音が聞こえる。

「はい」

マリーが扉を開けると、煌《きら》びやかな衣装に身を包んだレオンが入ってきた。

白薔薇のような色のスーツを着たレオンは、とても眩しくてＴＨＥ・王子様という容貌だった。

レオンがあまりにも美しすぎる！

レオンの眩しさにやられていると、レオンが私を見たまま固まっている。

「レオン？　どうしたの？」

声をかけると、ハッと我に返ったようだった。

「いや、エミリアがあまりにも綺麗で、見惚《みほ》れてた」

お世辞を言ってくれているのかと思ったけど、レオンの顔が赤いから本当だってことがわかった。

「ありがとう。レオンのプレゼントしてくれたドレスたちと、マリーが張り切ってくれたおかげね」

「いや、エミリアが元々綺麗だからだ」

「いえ、エミリアお嬢様が元々お綺麗だからです」

レオンとマリーが同時に言って、お互いの顔を見合わせるものだから笑ってしまう。

「じゃあ、行こうか」

「ええ」

レオンの差し出した腕に手を添え、パーティーが行われている大ホールへ向かう。

「和平交渉の儀は問題なく終わって、モラエナへの呪いもその場で解かれた。これもエミリアのかつサンドのおかげだよ。美味しかったから勝てた、ありがとうな」

「よかったわ」

胸騒ぎは杞憂《きゆう》に終わったわね。

それにしてもパーティーは三年ぶりだから、少し緊張してしまうわ。

「デュランタ国第二王子レオン・リースフェルト様、モラエナ国エミリア・ラクール公女のご入場です」

ホールにはデュランタ国とモラエナ国の王族や重臣たちが揃っていた。

うっ……注目を浴びているわ。

「ごめん。俺の準備が遅くなったせいで、入場するのが最後になったみたいだ」

「ううん、いいのよ」

カタリーナの姿をすぐ発見してしまって、心臓がドキッと跳ね上がる。

私たちの到着と共に、座っていたデュランタとモラエナの両国王が立ち上がった。

「全員揃ったことだし、乾杯することにしましょうか」

デュランタ国王様が微笑むと、モラエナ国王様も髭《ひげ》を弄りながら頷く。

「ええ、そうですな」

「色々あったが、この度我ら両国は和平を結ぶこととなった。今日は祝いだ。両国共に楽しんでくれ」

お二人がワインの入ったグラスを掲げる。今日は特別なお祝いなので、お酒も解禁だ。

乾杯の合図と共に、皆がわぁっと声を上げた。

「エミリア」

後ろから名前を呼ばれた。

えっ!? この声って……。

振り向くと、ハンスお兄様が立っていた。

「ハンスお兄様！　どうしてここに？　お父様は？」

「私は父上の代理で出席することになったんだ。出立の直前で激しい腹痛に襲われて、とてもこちらに来れる状態じゃなかったからな」

「えっ！　どうしたの？　食当たり？　それとも体調を崩されて？」

お父様のことは嫌いだけど、体調不良だとしたら気になる。

嫌いになりきれていない……のかしら。

「ああ、心配することはない。私が飲み物に下剤を混ぜただけだからな」

「…………え？」

「下剤だ」

それは……家から出られないわね。馬車になんて乗ったら、大変なことになるわ。

「**お義兄さん**、なかなかやりますね」

「誰がお義兄さんだ。エミリアのパートナーになるなんて図々しい……というか、どうしてエミリアがまたデュランタにいるんだ？　第二王子に連れてこられたのか？」

あ、やっぱり……。

「お兄様、私からの手紙って届いてる？」

「いや、届いていない。送ってくれたのか？」

やっぱり、お父様のところで止まっているのね。

「私ね、家出して、レオンの力を借りてここにいるのよ」

「家出!?　どうして……」

「おばあさまの屋敷で過ごさせてもらった時間はとても自由で、夢みたいな日々だったわ。でも、私、夢では終わりたくないの。お父様の元にいては、その夢を潰されてしまう。だから家を出たの」

「……………私は、またお前の一大事に助けてやることができなかったんだな。すまない」

ハンスお兄様が、悲しそうに俯《うつむ》く。

「そんなことないわ」

「いや、慰めなくていい。本当にそうなんだ。……でも、もう少し待っていてくれ。近い将来、私は必ずお前を助けることのできる力をつけると約束する。だから、それまで待っていてほしい」

ハンスお兄様は私の手を強く握る。

「ありがとう。ハンスお兄様、でも、無理なさらないで……」

「お前を助けるためなら、どんな無理でもできる」

私のために戦争に行ったお兄様だから、言葉に重みがある。

「エミリアは未来の夫になる俺が守るので、心配しないでください。**お義兄さん**」

「誰が未来の夫だ。貴様の助けなどいらん。引っ込んでろ」

「ちょっと、二人とも、こんな場所でやめ……」

「エミリアお姉様……！」

聞きなれた愛らしい声に名前を呼ばれ、心臓がドクッと嫌な音を立てた。

「カタリーナ……」

「本当にお姉様だわ……っ！　ああ、目覚めたっていうのは、本当だったのね！　まさか、こんなところでお会いできるなんて思わなかった！」

いつもそうしてきたように、カタリーナは私に抱きついてきた。

今まではカタリーナに抱きつかれると心が温かくなったけれど、今は違う。ゾッとして寒気がする。まるで全身の血が凍り付いたみたいだ。

「え、ええ」

「またエミリアお姉様とお会いできるなんて夢みたい。お見舞いに行きたかったのに、ずっと予定がいっぱいで身動きがとれなかったのよ。でも、こうしてお会いできるなんて……神様がくれたプレゼントね。嬉しい！」

目の前のカタリーナを見ていると、あの日王城で見た姿が信じられない。でも、あれは幻なんかじゃない。事実だ。

私はカタリーナから身体を離して、一歩後ろに下がる。

「ええ、そうね」

とんでもないプレゼントよ！　神様がいたら恨むわよ！

「エミリア……」

カタリーナの後ろから、ジャック王子が追いかけてきた。

「……ジャック王子、お久しぶりです」

「ああ、本当に目覚めたんだな」

ジャック王子は、私を上から下まで舐めるように眺めてくる。

ちょっと、何ジロジロ見てるのよ！

「随分と綺麗になったな。驚いた」

「ありがとうございます」

綺麗って言われて嬉しくないのは、初めてのことだわ。

「エミリア、僕は……」

するとレオンとハンスお兄様が前に出てきて、私を後ろに隠す。

「ジャック王子、うちの妹はもうあなたの婚約者ではありません。呼び捨てにするのはやめていただきたい」

「昔はあなたの婚約者であっても、今のエミリアは俺の婚約者です。馴れ馴れしく話しかけないでください」

二人の言葉を聞いて、ジャック王子とカタリーナが目を大きく見開いた。

「なっ……こ、婚約？　デュランタの王子とエミリアが……っ!?」

「エミリアお姉様、本当なの!?」

「違……」

「そうだな。違うな。正確には、これから婚約を結ぶからな」

私が違うと言う前に、レオンが口を挟んだ。

ご、誤解が広がっていくわ！

オーケストラが演奏を始めた。ダンスの時間だ。

助かったわ！　この場から逃れられる。

「エミリア、踊ろう」

「ええ」

レオンの手を取り、ダンスを始める。ハンスお兄様が舌打ちをした気がしたけど、気のせいよね
「あれが噂の妹か。全然似ていないな」

「すごく可愛いでしょう？」

「いや、エミリアの方が可愛い。エミリアがこの世で一番可愛い」

サラリと言ってくるものだから、顔が熱くなる。身体が密着しているから、余計に……！

レオンったら、本当に罪作りな人ね。

「レオンって、ダンスが上手なのね」

「そうか？」

「ええ、私は三年踊ってなくて、パーティーがあるって聞いてから練習したけど、前みたいに踊れなかったの。でも、レオンがリードしてくれるから、上手に踊れている気がするわ」

「上手に踊れるのは、俺が上手いからじゃなくて、俺たちの相性がいいからじゃないか？」

「ふふ、そうね」

次の音楽が始まると、ハンスお兄様が手を差し伸べてきた。

「エミリア、今度は私と踊ってくれ」

「ええ、喜んで」

ハンスお兄様の手を取ったものの、レオンが私の手を離さない。

「おい、いつまでエミリアの手を握っている。図々しい男だな」

「**お義兄さん**こそ、妹を誘わないで、別の女性と踊ってきたらどうです？」

また、始まった！

「もう、二人ともやめてっ！」

レオンの手を離して、ハンスお兄様と踊る。お兄様はなぜか勝ち誇った顔でフッと笑い、レオンが眉を顰めた。

でも、こう見えてレオンはハンスお兄様が倒れたときに心配していたから、仲が悪いっていうわけじゃないのよね。再会してはしゃいでいるのかしらね。

「エミリア、綺麗だ。お前が入場してきたとき、見惚れてしまった。ドレスも、何もかも、お前に全部似合っている」

「ふふ、ありがとう。今日の衣装一式は、全部レオンがプレゼントしてくれたのよ」

するとハンスお兄様が眉を顰める。

「あいつから貰った物を着るな」

「どうして？」

「どうしてもだ」

「エミリア、お前がモラエナ国でも自由に暮らせるように力をつける。だから待っていてくれ」

ハンスお兄様もダンスが上手だわ。リードしてくれるから、上手に踊れている気がする。

「もう、変なお兄様」

ハンスお兄様、心配してくれているのね。

「ありがとう。でも、気持ちだけで十分よ。迷惑をかけないように頑張るから」

「そんなことを言わないでくれ」

ハンスお兄様が、傷ついたような表情を見せるのでドキッとしてしまう。

どうして、そんな顔をするの？

「ごめんなさい。私、傷つけるようなことを言ってしまったかしら」

「謝ることはない。お前に頼りにしてもらえない自分が情けないだけだ」

「そんなことないわ。私はただ、迷惑をかけるのが嫌なの」

「迷惑をかけてもらいたいんだ」

ハンスお兄様、優しい人――。

でも、だからこそ、迷惑をかけたくないと思ってしまう。

「ありがとう。ハンスお兄様」

そろそろ次の曲に移る。

「エミリア、もう一曲踊らないか？」

「ご、ごめんなさい。久々のパーティーだったからか疲れてしまって……少し休むわ」

はあ……二曲踊っただけで、ヘトヘトだわ。畑仕事はバリバリやれるのに、ダンスとなるとどうしてこんなに疲れるのかしら。使う筋肉が違うのかしらね。汗もかいたし、化粧が崩れていないかも心配だわ。

「私、化粧室に行ってくるわね」

幸いにも化粧は崩れていなかった。

すぐにホールに戻ったものの、まだ身体が熱い。

「お飲み物はいかがですか？」

侍女の持っていた飲み物は、ワインとオレンジジュースだった。

お酒を飲んだら余計に暑くなりそうだし、オレンジジュースにしましょう。オレンジジュース大好きなのよね。

ジュースを貰った後、私はレオンとハンスお兄様のところには戻らず、バルコニーに出た。

「はあ……風が気持ちいいわ」

ジュースを飲みながら涼んでいると、後ろの窓が開く音が聞こえた。

誰か来たのかしら。

振り返ると、ワインを持ったカタリーナが立っていた。

「エミリアお姉様、涼んでいるの？　私もご一緒していい？」

天使のようだと思っていたカタリーナの笑顔、今はとても恐ろしい。

断るのも変よね。

「え、ええ、どうぞ」

「ありがとう。じゃあ、乾杯しましょ」

「ええ」

グラスを合わせて、一口飲む。

さっきまで美味しく飲めていたのに、今は味がしないわ……。

「エミリアお姉様、ごめんなさい……」

「えっ？」

まさか、刺したことを自白するつもり!?

「お姉様が意識不明になっている間に、ジャック王子と結婚してしまって……」

あ、そっちのことね！

「でも、仕方がなかったの。お父様も王家も、お姉様の代わりに結婚しなさいって言うから、どうしても断りきれなくて……」

カタリーナは涙を浮かべ、声が震えていた。

すごい演技力だわ……。

あのとき王城で本当のカタリーナを見ていなかったら、本当に心を痛めているように思うだろう。

「エミリアお姉様を裏切るつもりなんてなかったの……！」

よく言うわ。あなたがそう仕向けたくせに……。

でも、こんなところで真っ向からカタリーナと対決する気なんてない。

「いいのよ。気にしないで」

「本当に……？」

「ええ、本当よ」

次の瞬間、いきなり眩暈《めまい》と強烈な眠気が襲ってくる。

何……？

身体に力が入らなくて、膝から崩れ落ちてしまう。

「許してくださるのは、モラエナよりも格上のデュランタの王子の心を射止めたから？」

カタリーナ、何を言っているの……？

「本当に目障りなお姉様ね」

汚物を見るような目で私を見下ろしているカタリーナの姿を最後に、私は意識を手放してしまった。

『カタリーナ、熱があるんだって？　ああ、可哀相に……お父様とお母様が傍にいるからな。安心して休みなさい。ああ、そうだ。何か食べたいものはあるか？』

『ううん……何も食べたくないの……喉が痛くて……あ……でも、桃なら……冷たい桃なら食べられそう……』

『桃か、季節外れだな……』

『あなた、難しいのでは？』

『うぅむ……』

『無理しないで……私なら、大丈夫だから……』

『いいや、お父様が何とかするから大丈夫だ。大切な娘のためだからな』


ああ、私――昔の夢を見ているわ。


『熱がある？　エミリア、お前はジャック王子の妻となり、次期王妃となる人間だという自覚はあるのか？　自分の体調管理もできないのに、国民の上に立つ人間になれるのか？』

『お父様、ごめんなさい……』

『王妃になってから、大切な公務がある日に熱を出したらどうするつもりなの？　困った子ね……』

『ごめんなさい。お母様……』

『熱といっても、そこまで大したことはないのだろう？　今日は予定通りに授業を受けなさい』

『はい……』


一人になったときには、熱の辛さと悲しさが混じって、涙が出てきた。

カタリーナと自分の扱いを比べて、何度泣いたかわからない。

ジャック王子の婚約者じゃなかったら、私もカタリーナみたいにお父様とお母様に優しくしてもらえたのかしら。こうして泣いているときに頭を撫でて、優しく抱きしめてもらえたのかしら？


嫌な夢を見てしまったわ。ここしばらく、昔の夢なんて見てなかったのに……。

頭が痛い。それに胃が気持ち悪い。

ぼんやりと目を開けたら、知らない天井が見えた。どうやらベッドの上に横たわっているみたい。

あれ、ここ、どこ？

「……っ……！」

声を出そうとして、口が布のようなもので塞がれていることに気付いた。

え！　な、何!?　どうなっているの!?

口だけじゃなく、手足も縛られていることにも気付いた。

なんで、私……。

必死に記憶を手繰り寄せていると――。

「上手くいったのね。ご苦労様、よくやってくれたわ」

カタリーナの声が聞こえて、心臓が嫌な音を立てた。

カタリーナ……？　あ、そうだわ。私、カタリーナと話しているうちに眠くなって、それで……でも、どうして？

手足を縛られていて身体が動かせないから、声がした方に顔だけを動かす。

「は……はい……」

震えた声を出す侍女――見覚えがあるわ。

あっ！　私に飲み物を渡した侍女だわ！

「あら、お姉様、お早いお目覚めね。おはよう」

私が目覚めたことに気がついたカタリーナは、いつもと変わらない愛らしい笑みを浮かべた。

「んんっ！」

喋りたくても、口を塞がれているから話せない。

カタリーナは私に近づいてきて、クスクス笑う。

「うふふ、何をお話しになっているかわからないわ。でも、ごめんなさいね。外してあげられないの。だって、叫ばれたら大変だもの。ここ、デュランタ国城の中だしね」

え、そうなの!?

「そこにいる侍女のリタのお部屋を借りているのよ。ね、リタ」

言われてみると、マリーの部屋とそっくりだ。

「は、は、はい……」

侍女は私を見て、ガタガタ震えている。

震えたいのは、私の方よ！

「叫ばないって、お約束していただける？」

私はなんとか身体を起こして、コクコク頷いた。

もちろん、叫ぶ気満々よ！

「……ふふ、でも、外してあげない」

…………はっ!?

「ただ、聞いただけよ。うふふ、期待しちゃった？　お姉様ったら、可愛い」

イライラして、血管が切れそうだわ。

あの日私が見てしまった悪魔みたいなカタリーナの姿は、幻覚なんかじゃなくて、やっぱり現実だったのね。

「ふふっ、とか言って、外してあげちゃ〜う」

そうカタリーナが言うと、しゅるっと口元の布が外されたが、即座にワインが口に注ぎ込まれた。

「げほっげほっ」

ワインが入ってくると思ってなかった私の喉は、アルコールで焼けそうになりせき込む。

「あははっお姉様！　ワインもちゃんと飲めないなんてかわいそ〜う。でも気持ちよくなってくるでしょ？」

そう楽しげにカタリーナが話しかけてくるが、ぐわんぐわんしてきて喋れる気がしない……このワイン、何か混ぜられているのね……。これだと助けも呼べない！

「あのね、そこの侍女の恋人には、借金があってね。借金を全部返済するまでは、結婚できないって言われていて、この子も一緒になって借金を返しているそうよ。気の毒な話よね」

それが何？　今この状況と何の関係があるの？　というか、その話って本当？　なんだかよく聞く詐欺のような話だけど……。

カタリーナは私の耳元に唇を寄せ、侍女に聞こえないように小声で耳打ちしてくる。

「ふふ、借金なんて嘘……あの子、騙されてお金を巻き上げられているのよ。これは調べたから、確実……」

や、やっぱり……でも、それがなんだっていうの？

カタリーナは私から身体を離すと、リタの方に向かう。

「だからね、私が力を貸すことにしたの。私の願いごとを叶えてくれたら、彼の借金を代わりに返してあげて、二人が結婚できるようにしてあげるって」

願いごと……？

「ね、リタ？」

「……っ……ア、アタシ……アタシ、やっぱり……」

カタリーナはガタガタ震えるリタをギュッと抱きしめる。

「大丈夫よ。私がついているのだから、何も心配する必要ないのよ。約束通りことが終わったら、私があなたを逃がしてあげる。もちろん、一生涯贅沢できるお金もあげるわ。だから、ね」

ちょっと！　カタリーナが逃がしてくれるはずないでしょ！　利用されているだけよ！　あっ！　もう！　喋れないってなんてもどかしいのっ！

「さあ、お願い」

するとカタリーナは、何かをリタに握らせた。

え、何？

リタが握っていたのは、ナイフだった。

「……っ！」

カタリーナ、また私を殺そうとするつもり!?

「で、でも、人殺し……なんて……っ」

や、やっぱり――……！

「幸せには犠牲はつきものよ。それとも彼と本当は一緒になりたくないのかしら？　だからできないの？」

天使みたいな顔して、悪魔のようなことを囁く。

「違います……っ！　アタシは彼のこと、本当に……本当に愛しています……っ！　初めての恋人なんです……だから……っ」

「そう、初めての恋人と結婚できるなんて素晴らしいことだわ。私は政略結婚だったから、あなたみたいな人が羨ましくて、応援したい気持ちになるのよ」

どの口が言っているのやら……って、そんな場合じゃない！　私、このままじゃ殺されちゃう！　今度は三年意識不明だけじゃ済まないわ。

身体を必死に動かす。でも、手足が縛られているから、動けない。

ど、どうしよう……。

「こんなことにあなたを利用して、ごめんなさいね。でも、私も限界だったの……ずっとお姉様に虐《いじ》められて、辛い生活だったわ。お姉様が生きている限り、怯えて暮らしていくしかない。

だから、こうするしかないの」

…………はぁ!?

「カタリーナ様、お可哀相……あの人、本当に人間なんですか？　実の妹にあんなことをするなんて、悪魔みたい……っ！」

リタはものすごい形相で、私を睨みつけていた。

カタリーナ、あなた一体この子になんて説明したの!?

「……ちょっ……と」

呂律《ろれつ》が回ってなくて喋れないけど、抗議せずにはいられない。

「え、なぁに？」

カタリーナが近づいてきて、口元に耳を寄せてくる。

「うふふ、何をお話しになっているかわからないわ」

誰のせいだと思っているのよ——……っ！

「しぶといお姉様も、心臓を刺されたらさすがに死んでしまうわよね？」

「——……っ」

笑顔で恐ろしいことを話すカタリーナに、ゾクッとしてしまう。

「ジャック王子の婚約者から脱落したのに、デュランタの第二王子をたらし込むなんて、お姉様って本当に逞《たくま》しいわ。地位のある人ばかり狙って……目立ちたがり屋さんなのかしらね。うふふ」

ジャック王子の婚約者なんて、好きでなったわけじゃない！　あなただってそのことは知っているはずでしょう!?

カタリーナは私の耳元にそっと口を寄せて、小さな声で話す。

「モラエナの貴族令嬢がデュランタの人間の手で殺されれば、また戦争の火種になるかもしれないわ。和平を結ぶなんてつまらないもの。常に戦争が起きてくれたら、退屈せずに済むわ」

何を言っているの？　この子は……。

「私はね、平和が嫌いなの。常に荒れている方が、刺激があって好きなのよ」

目の前が怒りで真っ赤に染まる。

モラエナとデュランタの戦争で、どれだけの人が犠牲になったと思っているの!?　どれだけの人が苦しんだと思っているの!?

「……っ！」

睨みつけても、カタリーナは楽しそうに笑うばかり。

「うふふ、怖ぁいっ！　さあ、リタ、お願い」

リタが震えながら、近づいてくる。

「この人を殺せば、アタシはあの人と結婚できる……結婚できる……」

駄目……ここでは、死ねない。死んだら私だけじゃない。モラエナの国民が、また犠牲になる。

手足を縛っている縄を必死に解こうと動くけれど、がっちり縛られていて少しも緩む気配がない。

リタに肩を押され、バランスを崩した私は再びベッドに倒れてしまった。

まずい、まずい、まずい……！

「この人を殺せば……っ！」

レオン、ハンスお兄様――……！

ナイフを振り上げられた瞬間、私は心の中で二人の名前を叫んだ。

するとそのとき、扉が大きな音を立てて外れた。

何事……!?

「「エミリア！」」

扉を蹴破ったのは、レオンとハンスお兄様だった。続いてデニスさんと、デュランタ兵数名が入ってくる。

レオン！　ハンスお兄様！　まさか、二人が助けに来てくれるなんて……！

レオンがリタの手を背中に捻《ひね》り上《あ》げると、リタがナイフを落とした。

「きゃぁぁっ！　嫌……っ……痛い……っ……」

「この者を地下牢《ちかろう》に連れていけ」

「はい」

すぐさま兵がリタに手錠をかける。

私、助かったのね……。

ハンスお兄様が私を抱き起こしてくださった。

「エミリア、怪我はないか!?」

「だ、大丈夫……お水……が欲しいわ」

「あぁ、ここにあるぞ。大丈夫か。飲めるか」

そう言うと私を抱きかかえたまま、優しく水を飲ませてくださった。

水が体内に染みわたるのがわかる、少し不快感が治まっていく気がする。

「カタリーナ王子妃、これはどういうことだ？」

レオンがカタリーナを睨みつけると、彼女はその場に崩れ落ちて涙を浮かべた。

えっ……！　何？

「エミリアお姉様、酷い……そんなに私のことが憎い？　ジャック王子と結婚したのは、お姉様が怪我をして目覚めなかったからで、私の意思ではないわ！」

……………え？

「レオン王子、聞いてください。私はさっき睡眠薬を飲まされたみたいで、目覚めたらここにいただけなのです。お姉様はさっきの侍女に自らを縛らせ、死なない程度に怪我をさせろと命じたのです。私がやったと思われるようにと……お姉様の代わりに、ジャック王子の妃の座に就いた私を恨み、私を悪者に仕立て上げようとしたんです……っ！」

よくもでたらめをペラペラと言えるものね！

レオンは侮蔑に満ちた目で、カタリーナを見下ろした。

「エミリアがそんなことするわけがないだろう」

レオンなら信じてくれるってわかってた。でも、とても嬉しくて、涙が出そうなほど嬉しくて、鼻の奥がツンとする。

ハンスお兄様は私の手足の縄も解いてくれて、ようやく身体を自由に動かすことができるようになった。

「カタリーナ、なぜこのようなことをした？」

どう誤魔化すつもり？

ハンスお兄様が尋ねると、クスクス笑う。

「面白いからに決まっているでしょう？」

その場にいた全員が、耳を疑ったことだろう。

「あーあ、とうとうバレちゃった。でも、別にいいわ。普通に過ごすよりも、その方がずーっ

子だった。


と刺激的で楽しいもの」

カタリーナは天使のような顔で微笑んだ。その目には、もう涙なんてどこにもない。

「カタリーナ、お前……」

カタリーナの本性を伝えてあるハンスお兄様も、彼女が見せた本当の姿に驚きを隠せない様子だった。

「なぜ、そんなことをした」

無理もないわ。二度目の私ですらすっごく驚いているもの。

「さっきの侍女に協力してもらって、エミリアお姉様を眠らせてここに運んだのよ」

レオンに厳しい口調で尋ねられても、カタリーナは全く怯《ひる》まない。

「それはもちろん、エミリアお姉様を殺すためですわ。レオン王子」

「なぜ、エミリアを殺そうとする」

「デュランタの侍女が、モラエナの貴族令嬢を殺したとなれば、和平交渉を結んだばかりとはいえ、戦争の火種になると思ったからです」

「なぜ、戦争を望む？」

「それはもちろん、刺激的だからですわ。先ほどもお姉様に言ったのですが、私は刺激的なことが大好きで、平和が嫌いなのです。刺激的な日々を送ることができるのなら、どんなことでもできますの」

ゾッとして、寒くもないのに鳥肌が立ってしまう。

「ちなみにエミリアお姉様が三年前、暴漢に襲われたでしょう？　あれは私が暴漢を雇ってやらせたのよ」

「知っているわ。偶然あなたが独り言を口にしているのを聞いてしまったから」

「ええっ！　やだっ！　嘘、やだぁ……っ！　私が仕掛けたって知ったときのお姉様のお顔を見るのが楽しみだったのに知っていたなんて……あーあ、がっかりだわ……」

自分の所業が明るみになったときは微笑んでいたのに、今のカタリーナは心からショックを受けた様子だった。

ショックを受ける基準、おかしくない!?

「お父様とお母様が、エミリアお姉様に冷たく当たる理由は……どう？　王妃として厳しく育てなければばっていうのはあるけど、あまりにも酷いと思うことはなかった？」

「えっ」

まさか……。

「そうよ。私がお姉様に酷いことをされたって言ったから」

『お前はいつもカタリーナに嫉妬ばかりして！　あの子がどんな思いをして生きてきたと思っている！』

『実の娘だからと目を瞑ってきたけれど、もう限界よ。あのまま、目覚めなければよかったのに！』

家を出るときに、お父様とお母様が言っていたことを思い出す。それまでもたまに、身に覚えがないことを言われたことがあったけど、そう、カタリーナがお父様とお母様に嘘を言っていたからだったのね。

「長年の謎が解けたわ」

「カタリーナ、お前は……っ」

ハンスお兄様が声を荒らげても、カタリーナは全く興味を示さなくて、私だけを見ている。

「エミリアお姉様、どう？　ショックを受けた？」

私が傷つくのを見たいのね。

「驚いたけど、ショックというか、腹が立つわ」

「そうよね。私が何も言わなければ、お姉様はお父様とお母様に愛してもらえていたかもしれないものね」

カタリーナは楽しそうに話す。

「あなたにも腹が立つけど、お父様とお母様にも腹が立つわ。あなたの話を一方的に信じて、私に事実確認をしないのだもの」

「うふふ、そうよね、そうよね」

まるで、おもちゃを目の前にした子供のように、目を輝かせていた。

「だからと言って、傷つきはしていないけれどね」

嘘だ。とても傷ついた。だけど、これ以上カタリーナを喜ばせたくはなかった。

「ふふ、お姉様ったら、無理しちゃって」

「そう思いたいのなら、そう思っていればいいわ」

感情を表情に出さないようにして話す。これは、次期王妃として育てられていたときに習った技だった。

カタリーナは面白くなさそうな顔をして、ため息を吐く。なんとか誤魔化せたみたい。まさかあのときに習ったことが、こんなところで役に立つなんてね。

「……レオン、助けてくれてありがとう。そして妹が本当にごめんなさい。デュランタ国には重ね重ね失礼なことをして、本当に申し訳なく思っているわ。モラエナはとっくに滅ぼされてもおかしくないと思ってる……でも、もし、まだ温情をかけてもらえるのなら、このことは内密にしてもらえないかしら」

「エミリアがそうしたいのなら、俺は構わない。けれど、彼女を罪に問わなくていいのか？」

「ええ、いいの」

するとカタリーナが立ち上がり、声を上げて笑い始める。

「あははっ！　ふふ、もう、お姉様ったら、お人好しね。二度も殺されそうになっているのに、妹を庇ってくれるの？　やだ……うふふっ……もう、傑作！」

私はベッドから降りて、カタリーナの元へツカツカと歩く。そして白い頬を平手で思いっきり叩いた。

パン！　といい音がした。

カタリーナは頬を押さえ、何が起きたかわからないといった様子で目を丸くしている。

「あなたは、どこまで愚かなの？　妹だから庇っているわけじゃないわ。私が内密にしてほしいのは、モラエナ国のためよ。次期国王から勝ち目のない戦争を仕掛けた上、今度は次期王妃が刺激を求めたいからなんて下らない理由で戦争の火種を生み出そうとするなんて……このことが明るみになれば、今まで我慢をしてきたモラエナ国民にさらに苦しみを与えることになるのよ。次期王妃として、人間として、恥ずかしいと思わないの？　私はあなたみたいな人が妹だなんて恥ずかしいわ」

「エミリアお姉様……あっ……」

私はカタリーナの胸倉を摑んで、自分の方に引き寄せた。

「覚えておきなさい。あなたが今後モラエナを脅威に晒《さら》すような真似《まね》をするのならば、姉として見過ごせない。不穏な動きを少しでも見せてみなさい。私はあなたを殺すわ」

犯罪者になるなんて嫌よ。人を殺すなんて嫌……でも、次期王妃として育てられたからかしら。モラエナ国民を危険に晒す行為をしているのが妹なんて許せなかった。

カタリーナを溺愛しているお父様とお母様にはできない。未来あるハンスお兄様を犯罪者にするわけにもいかない。だから、私がやるしかない。

脅したところで、カタリーナの心に響くなんて思わないけれど……。

「エミリアお姉様……私……私……」

カタリーナは口を両手で押さえ、潤んだ瞳で私を見ていた。

……ん？

泣いているんじゃなくて、トロンとしているというか……大好きなアイドルを間近で見たかのような反応だ。

え、何？

「素敵……♡」

「は？」

「お人好しのお姉様が、こんな激しいお心を持っていらっしゃるだなんて……そんな冷たい目をして私を罵って、私を……こ、殺すだなんて……」

カタリーナは息を荒らげながら、自分の心臓を両手で押さえる。

「こんな素敵な方が、私のお姉様だったなんて……！　ああ、ドキドキして胸が苦しいわ。エミリアお姉様、大好きっ♡　今すぐ私を殺してぇ……っ！」

「えっ!?　ちょっ……きゃあああ！」

私に抱きつこうとしたカタリーナをレオンが引きはがし、ハンスお兄様が間に立ってくれる。

「離してくださいまし！　エミリアお姉様っ！　私をどうやって殺してくださるの!?　好き好きぃっ♡」

あ、頭が痛いわ……。

さっき飲まされた薬が身体に残っていたのか、ワインがいけなかったのか、眩暈がして目を開けていられなくなる。

「エミリア!?」

「エミリア、大丈夫か!?　エミリア！　デニス、医者と司祭を呼んでこい！」

「はい！」

「あぁん！　エミリアお姉様ぁっ！　しっかりなさってーっ！」

みんなの声が、どんどん遠ざかっていくわ……。

エピローグ みんなであったか具だくさん味噌鍋！ ―epilogue―

和平交渉の儀を終えてから、一週間が経った。

「エミリアお嬢様、まだお休みになっていた方がよろしいのではないでしょうか。また、無理をして倒れられては……」

「もう元気だから大丈夫よ。いつまでも寝ていたら、逆に具合が悪くなっちゃうわ」

カタリーナと対決した私は、睡眠薬とワインの飲み合わせが悪かったみたいで気を失った後、疲れが溜まっていたのか熱を出してしまった。

お医者様に診ていただいて、司祭様に祝福をかけてもらったおかげで、一日で元気になったのだけど、みんなに安静にしていないと駄目だと言われて、一週間もベッドに横になっていたのだ。

ジャック王子の婚約者時代は、熱を出したときも休むことを許されなかったから、たくさん寝たい！　なんて思ってたけど、今回初めてわかったわ。

睡眠は適度にとるのが一番！

みんなに迷惑をかけたので、お詫びを兼ねて夕食会を開くことにした。メニューはお鍋だ。

この世界に土鍋はないけれど、普通の鍋で作っても十分美味しいわ。

「エミリアお嬢様、まだ踏んだ方がよろしいでしょうか？」

「見せて。うん！　バッチリだわ。マリー、とっても上手よ」

「はい！　頑張ります」

締めのうどんは、マリーに協力して作ってもらった。小麦粉とお水と塩を混ぜ合わせて、清潔な袋に入れてひたすら踏む！

踏むことで弾力が生まれるのだけど、踏みすぎると硬くなりすぎるから注意が必要だ。

鍋の締めって雑炊かうどんで迷うのよね～……！　許されることなら、両方味わいたいところだわ！

「じゃあ、生地を少し休ませて、その後に延ばして切りましょう」

「はい！」

生地を休ませている間に、私はお鍋の用意をする。

デュランタは海に面しているから新鮮な魚介類が手に入る。でも、酪農に適した気候と広大な土地もあるため、上質なお肉も手に入れることができるのだ。

魚介類か、お肉か……迷いに迷って、スタミナが付きそうなお肉に決めた。今日はとてもいい豚肉が手に入ったらしいので、豚肉を使って味噌鍋を作ろう。

材料は、豚肉、白菜、ねぎ、えのき、しいたけ！　お鍋を作るときって、欲張って色んな具材を入れたくなっちゃうのよね。

材料を一口大に切って……と、チラリと鶏がらスープを作っている鍋に目をやる。

うん、いい感じ！

「エミリア様、こちらにいらっしゃいましたか」

すると使用人の一人が、キッチンに入ってきた。

「どうしたの？」

「お手紙が届いておりますので、お持ちしました」

「ありがとう」

濡《ぬ》れた手を拭いて、手紙を受け取る。

誰からかしら……。

差出人を見て、「うわっ」と声を上げてしまう。

「エミリアお嬢様、どなたからのお手紙ですか？」

「カタリーナよ……」

カタリーナは和平交渉の儀の翌日に、モラエナへ戻った。まだここに残りたいとごねていたけれど、王子妃としての公務があるからと泣く泣く帰ったそうだ。

ちなみにハンスお兄様は、私のことを心配して、まだデュランタに滞在してくれている。

いつかモラエナに帰ってしまうのよね。せっかくわかり合えたのだから、ずっと一緒にいられたらいいのに……。

ペーパーナイフがないから、上の方を破かせてもらった。

あっ……！　毒を塗った針とか、仕込まれてないわよね!?

一瞬ドキッとしたけど、大丈夫だった。開封すると、カタリーナの使っている香水の匂いがする。

普段はいい香りだと思うけど、料理をしているときはそう感じないのよね。

なんて書いてあるのかしら……。

『愛しのエミリアお姉様へ

お身体の具合はいかがですか？　エミリアお姉様の愛の鞭《むち》が忘れられません。

お姉様があんなにも素敵な人だって、どうして今まで気付くことができなかったのかしら。

愚かな私をどうか許して……。

早くまたお姉様にお会いしたいわ。いつお会いできますか？　デュランタ国にいるとなかなかお会いできないから、モラエナに帰ってきてほしいの。

実家に帰るのは嫌だろうから、私の侍女になってもらって、モラエナ城に住むのはいかがかしら。うん、とっても素敵！　エミリアお姉様もそう思うでしょう？　それでは、お返事待っています。


あなたのたった一人の妹、カタリーナより』

「とんでもない不幸の手紙だったわ……」

「だ、大丈夫ですか？」

「ええ、さっさと処分しましょう。そうだわ。ちょうど料理に使っている火が……」

そんな火で調理したら、料理が呪われそうね……！

「……後で処分するわ」

気を取り直して、手を洗って料理の続きに戻る。

「そろそろうどんがいい頃ね」

まな板の上に打ち粉をして、休ませていた生地を平らに延ばす。

うん、これぐらいね。

三ミリ幅で切っていく。

「わー！　これがうどんなんですね。パスタみたいです」

「美味しいから期待していてね」

「はい！」

前世でおばあちゃんとよく一緒に作ったのよね。

前世だとうどんは買った方が安いし、早かったけど、手作りだと特別感があって嬉しかったし、すごく美味しかった。

「締めのうどんの準備はバッチリね！　伸びちゃわないように、直前に茹でて……と、後は主役を完成させましょう」

鍋の中に鶏がらスープ、味噌、醤油、砂糖、すりおろしたにんにくと生姜《しょうが》を入れて火にかける。

前世では顆粒状《かりゅうじょう》の鶏がらスープを使ってたからわからなかったけど、一から作るのって結構大変だったわ。

「お味噌って、本当にいい香りですね」

「気に入ってもらえてよかった。本当はお酒を少し入れられたらよかったのだけど、禁酒令が出ているから仕方がないわね。これでも十分美味しいと思うわ」

もうすぐ約束の時間だ。そろそろ具材を入れても大丈夫そうね。

具材を入れて煮込むと、さらにいい香りが広がる。

「そろそろいいわね。さあ、みんなのところに運びましょうか」

「はい！」

◆◇◆

夕食に招待したのは、レオン、デニスさん、ハンスお兄様、マリーだ。お鍋を熱々で運びたかったから、キッチンから一番近い部屋を借りた。

「みんな、お待たせ！　今日は集まってくれてありがとう」

「今日のメニューは鍋か」

レオンがいちはやく反応してくれた。

さすが元日本人！

「そうよ。味噌鍋にしたわ」

「なべ？」

「初めて聞くメニューです」

ハンスお兄様とデニスさんは、よくわかっていないみたい。

「具材をスープで煮込んだものよ。お皿に盛りつけずにお鍋で出すから鍋！　親しい人と食べることが多い料理なの。お鍋から具材をすくって、取り皿に分けて食べるのよ。今、盛るわね。あ、残ったスープには、うどんっていう麺を入れて食べるの。これも美味しいから、楽しみにしていてね」

「エミリアは博識だな」

「ふふ、大げさよ。でも、ありがとう。はい、どうぞ」

具材を取り分けて、みんなに渡していく。

「この前は攫われた挙げ句、倒れてしまって、みんなに心配をかけてごめんなさい。今日の食事会はお詫びとお礼のつもりです。たくさん用意したから、いっぱい食べてね」

「心配はしたけど、謝ることはない」

「レオン……」

「そうだ。遠慮することはないぞ」

「ハンスお兄様……」

「エミリアお嬢様は遠慮しすぎです。もっと甘えてください」

「マリー……」

「そうですよ。レオン様はエミリア様に振り回されるのが生きがいなんですから、もっと振り回してやってください」

「デ、デニスさん……」

レオン、完全に誤解されちゃっているわよ。

「みんな、ありがとう。じゃあ、熱いうちにいただきましょうか」

「ああ、いただく」

みんなが食べるのをドキドキしながら見守る。

美味しくできたってわかっているけど、この瞬間は絶対ドキドキするのよね。

「うん、美味しい。鍋ってこんなに美味しかったのか」

「え、レオン、食べたことないの？」

「ああ、食べる機会がなかったからな」

レオンは前世、お母さんとの関係性があまりよくなかったみたいだものね。お鍋をすることもなかったのかしら……。

「じゃあ、これからたくさん私と一緒に食べましょう！　私、たくさん作るわ！」

レオンは驚いたように目を丸くすると、すぐに嬉しそうに笑ってくれる。

「ああ、エミリアと一緒に食べたい」

「ええ、食べましょう！」

「私も初めて食べたが、とても美味しい。とても奥深い味のするスープと具材がよく合っているな」

「気に入ってもらえてよかったわ。このスープはね、お味噌という調味料と鶏がらスープで作っているの」

「オミソ……初めて聞く調味料だ。エミリア、お前は本当に色んなことを知っているな」

「ふふ、色んなことじゃないわ。知っているのは、食べ物のことばかりよ」

「謙遜するな」

ハンスお兄様が、頭を撫でてくれる。

こうして私の頭を撫でてくれる人は、おばあさまだけだった。でも、今は、お兄様が撫でてくれるのね。

大人になってから撫でられると、なんだか照れくさいわ。

「エミリアお嬢様、すごく美味しいです！　身体の内側からポカポカする気がします」

「にんにくと生姜が入っているからよ。この二つは身体を温めるから、寒い季節に食べるといいのよ」

「本当に美味しいです。ふむ、寒い地域で野営するときによさそうですね。美味しい食事は兵たちの士気も上がりますし」

野営……戦争かしら？　それとも演習？

「よかったら、後でレシピを書いて、お渡ししましょうか？」

「ありがとうございます。助かります。それにしてもレオン様がたくさん召し上がってくださって嬉しいです。毒を盛られる以前から、食の細い方でしたから」

「レオン、そうだったの？」

「ああ、あまり食に興味がなくてな」

「華奢《きゃしゃ》な女性の食事量より少ないんですよ。それでよくここまで大きくなったものです」

「えっ！　そうなの!?」

レオンの身長はデニスさんよりも高くて、体格もいい。本当にそんな食事量で、よくここまで大きくなったものだわ。

「エミリア様が作ってくださるようになってから、ようやく成人男性の食事量に達しました。

エミリア様、ずっとデュランタにいてください」

「エミリアと俺は結婚するんだから、いてくれるに決まってるだろ」

「ちょ、ちょっと、二人とも……」

「待て、エミリアはモラエナに連れて帰る」

「えっ!?」

「そろそろいい歳なんですから妹離れをしたらいかがですか？　**お・義・兄・さ・ん？**」

「お義兄さんと呼ぶなと何度言わせる。……エミリア、私は父上からなんとしても近日中に爵位を譲り受けてみせる。ラクール公爵になれば、お前に今までのような辛い生活を送らせることもないし、自由に過ごしてもらうことができるはずだ。だから、モラエナに戻ってきてくれ」

「なんとしてもってどうやって!?」

「なんとしてもだ」

ハンスお兄様の目が怖い！　一体、何をしでかすつもり!?

「自分の今後のことは、時間をかけてじっくり考えたいの。だから、すぐには答えが出せないわ。ごめんなさい」

鍋を見ると、もう具材がなくなっていた。

「もう、具材がないわね。私、うどんを入れてくるわ」

「あ、エミリアお嬢様、お手伝いします！」

「ううん、一人で大丈夫よ。すぐだから、待っていてね」

うどんを茹でて、煮込んで持ってきた。レオンは懐かしいといった顔で、鍋の中身を眺めている。

「お待たせしました！　このうどんは、マリーが作ってくれたんですよ」

「はい、少しだけお手伝いさせていただきました」

「これがウドンですか。パスタみたいですね」

「似てますが、味や食感は違うので食べてみてください。あ、ちなみにうどんは音を立てて食べるのが流儀なので」

音を立てることに、レオン以外はみんな驚きの声を上げた。

「いただく」

「ええ、召し上がれ」

レオンと私が音を立てて食べ始めると、みんな遠慮がちにすすり始めた。

「ん……っ……！　うどんって、こんな味だったんですね。すごく美味しいです！」

「マリーが一生懸命作ってくれたから、美味しくできたのよ」

「さっきの鍋のスープが麺に染みて、すごく美味しい。こんな麺は初めて食べた。体調が悪いときにも食べられそうだ」

「じゃあ、今度ハンスお兄様が体調を崩したときには、煮込みうどんを作ってあげるわね」

「作ってくれるのか？」

「ええ、もちろんよ。でも、心配だから、身体には気をつけてね」

「エミリアが傍に来てくれるのなら、いくら体調を崩してもいい」

「もう、そんなこと言わないで。いつまでも元気でいてくれないと嫌よ」

「ああ……」

デニスさんが、何やらレオンに耳打ちしているのが見えた。

「レオン様、あんなに好き好きオーラを出しているのに、エミリア様にはちっとも効いていませんよ。鈍いってレベルじゃありません」

「だから苦労しているんだろうが」

全然聞こえない。もしかして、うどんが口に合わなかったのかしら。

「デニスさん、お口に合いませんでしたか？　無理しないでくださいね」

「いえ！　とんでもないです。ものすごく美味しいです。こちらも後でレシピをいただけますか？」

「ええ、もちろん」

「エミリア、本当に美味しい。今まで食べたうどんの中で一番美味しい」

「よかったわ！」

仲のいい人たちが、私の料理を食べて美味しいと言ってくれる。

それはなんて嬉しくて、幸せなことなのかしら。

ラクール公爵家では、八時に全員揃って朝食をとることが決められていた。

でも、その時間はいつも緊張して、委縮して、食事の味もわからないぐらいで、私にとっては苦痛な時間だった。

仲のいい人たちと、こうしてお鍋を食べられる日が来るなんて、あの頃の私は全く想像できなかったでしょうね。

あの頃のため息を吐いてばかりの私に、あなたはとても幸せになれるわって教えてあげたい。

うどんをすすると、口いっぱいに幸せの味が広がる。

「美味しいっ！」

みんなで一緒に食べた今日のご飯は、今世の中で一番美味しく感じた。

おしまい

あとがき

こんにちは！　七福《しちふく》さゆりと申します。

この度は『転生令嬢、日本食で異世界人の胃袋掴んじゃいます！　～敵国の俺様王子とクールで寡黙な兄からプロポーズされました～』をお買い上げいただき、ありがとうございました！

転生激ニブ令嬢エミリアとグイグイ行く転生王子レオンと転生していないクールな義兄ハンスのトライアングルなお話はいかがでしたでしょうか？　楽しんでいただけましたでしょうか？　皆様の胃袋は掴めたでしょうか!?

本作は「料理」「食べる」「恋愛」「イケメン!!」という私の大好きを詰め込んだ、趣味で「小説家になろう」さんに投稿していた作品を書籍化していただいたものになります。

人生何があるかわからないものですね……！　階段を下りている最中にヒールが折れて転がり落ちたり、歩いていてカラスに襲われたりするアンラッキーなことはよく起きているのですが、こんなラッキーなことが起きるのは初めてです。ビックリ！　生きててよかった～！

皆さんは食べることはお好きですか？　私はもちろん大大大大好きで、趣味は食べることです。

朝ご飯を食べている最中に昼と夜に何を食べるか考え、隙あらばご飯デリバリーアプリを三種使い分けながら食べ物を検索、外に出る用事があればすかさず美味しそうな店がないか探し、帰りはどこかしらのお店で食事やスイーツをテイクアウトして、外食したにもかかわらず家で貪り食うというデブの鏡みたいな生活を送っております。

大好きな物を詰め込んだものを書く行為は、大変テンションが上がりまして！　趣味で書いていたときはもちろんのこと、書籍化が決まってからの修正・加筆等全ての工程でウハウハしておりました。

ただ、お腹も空きますね！　作業しながらつい色々つまんでしまいまして、体重が増えてしまいました……。現在、過去最高記録を更新しています。美味しい物を食べるには、健康が必須ですので、健康を害さないようにダイエットを頑張ろうと思います……！　い、嫌だぁ～……。

趣味ということもあり、ドスケベチンポなんていう下ネタ丸出しのキャラも出してしまっておりまして「きっとNGになるだろうなぁ」と思っていましたが、まさかそのまま通って爆笑してしまいました（笑）。通ってよかったー！

さて、最後になりますが、本作の美しいイラストを担当してくださった切符《きっぷ》先生、担当の宮《みや》崎《ざき》様、そして本作を世に出すにあたってご協力してくださった制作スタッフの皆様、本当にありがとうございました！

それではまた、どこかでお会いできたら嬉しいです。七福さゆりでした。

電撃の新文芸

転生《てんせい》令嬢《れいじょう》、日本食《にほんしょく》で異世界人《いせかいじん》の胃袋《いぶくろ》を摑《つか》んじゃいます！

敵国《てきこく》の俺様王子《おれさまおうじ》とクールで寡黙《かもく》な兄《あに》からプロポーズされました

著者／七福《しちふく》さゆり
イラスト／切符《きっぷ》

2023年2月17日　初版発行

発行者／山下直久
発行／株式会社ＫＡＤＯＫＡＷＡ
〒102-8177　東京都千代田区富士見2-13-3
0570-002-301（ナビダイヤル）
印刷／図書印刷株式会社
製本／図書印刷株式会社

【初出】…………………………………………………………………………………………
本書は、「小説家になろう」に掲載された『次期国王に嫁ぐためだけに生きてきた令嬢ですが、
敵国の俺様王子とクールで寡黙な兄からプロポーズされ好きな日本食も食べられて幸せです！』を加筆、訂正したものです。
※「小説家になろう」は株式会社ヒナプロジェクトの登録商標です。

ISBN978-4-04-914932-6　C0093　Printed in Japan

ファンレターあて先
〒102-8177
東京都千代田区富士見2-13-3
電撃の新文芸編集部

「七福さゆり先生」係
「切符先生」係

元シスター令嬢の身代わりお妃候補生活

〜神様に無礼な人はこの私が許しません〜

著／狭山ひびき
イラスト／しんいし智歩

神様大好きパワフルシスターの、自由気ままな王宮生活がはじまる！

　敬虔なシスター見習いとして、修道院で日々働く元気な女の子・エルシー。ある日突然、小さい頃に彼女を捨てた傲慢な父親が現れ、エルシーに双子の妹・セアラの身代わりとして王宮で暮らすよう要求する。
　修道院を守るため、お妃候補の一人として王宮へ入ることになってしまったエルシー。しかし女嫌いな国王陛下は温室育ちな令嬢たちを試すように、自給自足の生活を課してきて……!?

国王である兄から辺境に追放されたけど平穏に暮らしたい

~目指せスローライフ~

著／おとら

イラスト／夜ノみつき

グータラな王弟が
追放先の辺境で紡ぐ、愛され系
異世界スローライフ！

現代で社畜だった俺は、死後異世界の国王の弟に転生した。生前の反動で何もせずダラダラ生活していたら、辺境の都市に追放されて——!?　これは行く先々で周りから愛される者の——スローライフを目指して頑張る物語。

電撃の新文芸

森に生きる者

～貴族じゃなくなったので自由に生きます。莫大な魔力があるから森の中でも安全快適です～

著／ゆるり
イラスト／ひげ猫

相棒の聖魔狐《セントフォックス》と共にたくさんの美食を味わいながら、快適なスローライフを追い求める！

魔法の才能を持ちながらも、「剣に向かない体つきが不満」と王女から突如婚約を破棄され、貴族の身分も失ってしまった青年・アル。これまで抑圧されてきた彼はそれを好機と思い、相棒の聖魔狐・ブランと共に旅に出る。彼らの目標はなるべく人に関わらず快適な生活を送ること!　たくさんの美食を味わいながら、面倒見の良い一人と食い意地のはった一匹は、自由気ままな快適スローライフを満喫する。

もふもふと楽しむ無人島のんびり開拓ライフ
～VRMMOでぼっちを満喫するはずが、全プレイヤーに注目されているみたいです～

著／紀美野ねこ
イラスト／福きつね

末開の大自然の中で
もふっ♪とスローライフ！
これぞ至福のとき。

フルダイブ型VRMMO『IRO』で、無人島でのソロプレイをはじめる高校生・伊勢翔太。不用意に配信していたところを、クラスメイトの出雲澪に見つかり、やがて澪の実況で、ぼっちライフを配信することになる。狼（？）のルピとともに、島の冒険や開拓、木工や陶工スキルによる生産などを満喫しながら、翔太は、のんびり無人島スローライフを充実させていく。それは、配信を通して、ゲーム世界全体に影響を及ぼすことに——。

電撃の新文芸

傷心公爵令嬢レイラの逃避行 上

溺愛×監禁。婚約破棄の末に
逃げだした公爵令嬢が
囚われた歪な愛とは――。

事故による２年もの昏睡から目覚めたその日、レイラは王太子との婚約が破棄された事を知った。彼はすでにレイラの妹のローゼと婚約し、彼女は御子まで身籠もっているという。全てを犠牲にし、厳しい令嬢教育に耐えてきた日々は何だったのか。たまらず公爵家を逃げ出したレイラを待っていたのは、伝説の魔術師からの求婚。そして婚約破棄したはずの王太子からの執愛で――？

著／染井由乃
イラスト／鈴ノ助

ある魔女が死ぬまで
-終わりの言葉と始まりの涙-

定められた
別れの宣告から始まる、
魔女の師弟のひととせの物語。

「お前、あと一年で死ぬよ、呪いのせいでね」「は?」

十七歳の誕生日。見習い魔女のメグは、師である永年の魔女ファウストから余命宣告を受ける。呪いを解く方法は、人の嬉し涙を千粒集めて『命の種』を生み出すことだけ。メグは涙を集めるため、閉じていた自分の世界を広げ、たくさんの人と関わっていく。出会い、別れ、友情、愛情——そして、涙。たくさんの想いを受け取り約束を誓ったその先で、メグは魔女として大切なことを学び、そして師が自分に託そうとするものに気づいていく。

「私、全然お師匠様に恩返しできてない。だから、まだ——」

明るく愉快で少し切ない、魔女の師弟が送るひととせの物語。

著／坂
イラスト／コレフジ

悪役王子の英雄譚

～影に徹してきた第三王子、婚約破棄された公爵令嬢を引き取ったので本気を出してみた～

著／左リュウ
イラスト／天野 英

婚約破棄から始まる悪役王子のヒロイック・ファンタジー！

王族で唯一の黒髪黒眼に生まれ、忌み嫌われる第三王子・アルフレッド。無能を演じ裏から王国を支えてきた彼はしかし、第一王子に婚約破棄された公爵令嬢を救うため悪役を演じるものの、何故か彼女はアルフレッドの婚約者になってしまい!?

――影に徹するのは、もう終わりだ。

ついに表舞台にでることを決意した第三王子は、その類まれな才覚を発揮し頭角を現していく。

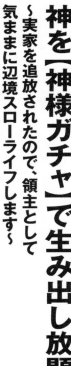

ドラゴン様の召使、竜使いを引退してギルドマスターになる。2

ド田舎村から世界滅亡の危機に!?
勇者パーティVS伝説級ドラゴン
ほのぼのギルド経営ライフ、第2弾!

元勇者パーティでドラゴン使いのルルは、炎龍スルトとともに囲われ村のギルドマスターへと転職した。今日も平和なド田舎村に事件など起きないはずが、なぜか魔王討伐の最前線にいるはずの勇者エンナと一息で世界を滅ぼす伝説のドラゴンたちが村に押し寄せてきて……そして、ルルにパーティへと戻って欲しいエンナとルルを竜の里へと連れ戻そうとするドラゴンたちによるルル争奪戦が勃発！　勇者ＶＳドラゴン、これは世界が滅ぶ予感――!?

著／相原あきら
イラスト／中林ずん

電撃の新文芸

物語の黒幕に転生して

～進化する魔剣とゲーム知識ですべてをねじ伏せる～

著／結城涼
イラスト／なかむら

超人気Webファンタジー小説が、ついに書籍化！
これぞ、異世界物語の完成形！

世界的な人気を誇るゲーム『七英雄の伝説』。その続編を世界最速でクリアした大学生・蓮は、ゲームの中に赤ん坊として転生してしまう。赤ん坊の名は、レン・アシュトン。物語の途中で主人公たちを裏切り、世界を絶望の底に突き落とす、謎の強者だった。驚いた蓮は、ひっそりと辺境で暮らすことを心に決めるが、ゲームで自分が命を奪うはずの聖女に出会い懐かれ、思いもよらぬ数奇な運命へと導かれていくことになる──。

電撃の新文芸

リビルドワールドI〈上〉

誘う亡霊

電撃《新文芸》スタートアップコンテスト《大賞》受賞作！
科学文明の崩壊後、再構築《リビルド》された世界で巻き起こる
壮大で痛快なハンター稼業録！

旧文明の遺産を求め、数多の遺跡にハンターがひしめき合う世界。新米ハンターのアキラは、スラム街から成り上がるため命賭けで足を踏み入れた旧世界の遺跡で、全裸でたたずむ謎の美女《アルファ》と出会う。彼女はアキラに力を貸す代わりに、ある遺跡を極秘に攻略する依頼を持ちかけてきて――!?

二人の契約が成立したその時から、アキラとアルファの数奇なハンター稼業が幕を開ける！

著／ナフセ
イラスト／吟
世界観イラスト／わいっしゅ
メカニックデザイン／cell

電撃の新文芸

Unnamed Memory Ⅰ

青き月の魔女と呪われし王

著／古宮九時

イラスト／chibi

読者を熱狂させ続ける
伝説的webノベル、
ついに待望の書籍化！

「俺の望みはお前を妻にして、子を産んでもらうことだ」
「受け付けられません！」
　永い時を生き、絶大な力で災厄を呼ぶ異端——魔女。強国ファルサスの王太子・オスカーは、幼い頃に受けた『子孫を残せない呪い』を解呪するため、世界最強と名高い魔女・ティナーシャのもとを訪れる。“魔女の塔”の試練を乗り越えて契約者となったオスカーだが、彼が望んだのはティナーシャを妻として迎えることで……。

電撃の新文芸